今越君《いまこし》という友だち

及川 莉代

今越《いまこし》君という友だち　もくじ

もくじ……………………2
はじめに……………………4
発刊によせて／乃木神社　宮司　加藤司郎……………5

西原さんとひまわり……………………7
二つのさよなら……………………21
おばあちゃんと五粒の安定剤……………………43
学校へ行きたくない……………………55

おばあちゃんと散歩…… 67
乃木大将と辻占売り少年…… 93
金沢にひとり旅…… 113
ぼくは今越少年になる…… 145
おわりに…… 184
注記・参考文献・協力…… 186
奥付…… 188

はじめに

今から十年ほど前のある夏の日のことです。乃木神社にお参りした時に、旧乃木邸の門が開いていることに気がつき、中に入って行きました。玄関近くには乃木大将が、箱らしきものを首から下げ、手には提灯を持った子どもの頭をなでている銅像がありました。

銅像のそばの説明板には、この二人「乃木大将と辻占売り少年像」の謂れが書かれてありました。それを読んだ時から、この銅像に深く興味をいだきました。

たった一度の出会いで変わる人生がある。まさに乃木大将と今越少年の「一期一会」でした。このことは実話として浪曲や映画にも残されています。
たった一度の出会いが大切なこと、そこからつながる出会いの大切さを多くの人に伝えたくて、この本を書きました。どうぞお読みください。

及川　莉代

発刊によせて

乃木神社　宮司　加藤　司郎

皆さんにこれからお読みいただくこの本は、乃木神社の御祭神であります乃木希典命《のぎまれすけのみこと》（乃木将軍・明治時代の陸軍大将・当時は少将）と一少年との出会いの実話を題材とした物語です。心温まるお話ですので御祭神のことを「乃木さん」と呼ばせていただきます。

少年と乃木さんとの出会いはたった一度だけです。生活が苦しく家族の為に幼くして働くという境遇の身に在った少年に出会い、乃木さんは心からの支援の金子《きんす》と伴に、「…その気持ちを忘れずに、しっかりやって立派な人間になるんだよ」という暖かい励ましの言葉を与えました。この出会いは時間にすればわずか数分間のことで、人の一生においてはほんの一瞬の出来事と言えます。少年は後日、これが立派な将軍である乃木さんとの出会いであったことを知ります。さてその後、この少年はどのような人生を歩んだのでしょう。それについては、これから本書をお読みいただくお楽しみといたしましょう。

乃木さんと一少年とのこの出会いの物語を知る人は、今ではすっかり少なくなってしまいました。いや、むしろ忘れ去られた感が有ります。そのような折に、この度、児童文学者の及川莉代さんの手により児童小説「今越君という友だち」が発刊される運びとなりました。これは、赤坂の地に住まわれることとなった著者の及川さんが、今から十年程前に何気なく訪れた旧乃木邸（乃木神社の隣接地）の邸内に建つ、「乃木将軍と辻占売り少年像」に出会ったことに始まります。著者は、この像の由来を知るに至り、自分が最も大切にしている、「人と人との出会い」の感動の物語であることに強い感銘を受けられ、是非とも今の人たちにもこの話を伝えなくてはならないと思われたそうです。そして今、遥か昔の明治のお話が、令和の時代に復活することとなったのです。

「乃木さんと少年と著者」、の心と思いがいっぱい詰まった本書を多くの方々にお読みいただき、この美しいお話が長く語り継がれることを願って止みません。

誠にもって、このような良書を執筆くださいました及川さんを始め、発刊に御尽力賜りました関係者各位に心からの御礼と感謝を申し上げる次第です。

西原さんとひまわり

四月五日、今日はさくら小学校の新学期だ。

一番乗りのぼくは校舎の壁に貼りだされたクラス名から、たった一人の名前を探し始めた。そしてガッツポーズをしながら叫んだ。

「やった！」

ぼくの名前は青山裕一。今日から六年生だ。叫んだ理由は好きな女子と同じクラスになれたのだ。その子の名前は西原香織さん。

四年生の時、隣のクラスに神戸から転校して来たのだ。西原さんを意識したのは昇降口ですれ違った時のこと。長い髪を馬のしっぽのように束ねていたのが今でも記憶に残っている。大きな瞳も印象的だった。十一月の学習発表会でピアノの伴奏をし、名前が紹介されて知ったのだ。ぼくは西原さんを好きになり始めていた。西原さんの周りにはいつも友だちがいた。男子にも女子にも人気があった。

その、憧れの西原さんとまさか同じクラスになれるなんて、ラッキーとしか言いようがない。担任は五年生の時と同じ片桐華子先生だ。テニスが大好きで、クラスのみんなにテニスを教えてくれる明るくて元気な先生だ。クラス替えはしたけど知った顔も多かった。

始業式も終わり教室でのホームルームが始まった。片桐先生は教室に入ってくるなり、みんなを壁際に立たせた。そして、

「五年生で受け持ったクラスの子もいるけど、六年五組担任の片桐華子です。ではまず男子から席を決めていくからね」

片桐先生はちょっと高い声で、ノートを見ながら名前を呼び指図していく。

ぼくは席が一番後ろになった。背が伸びたのだ。男子全員が席に着いた。いよいよ女子の番だ。心の中であることを期待して、両手を組み目を閉じた。と、その時、

「青山裕一さん、何のお祈りですか？」

先生の言葉にクラス中から笑いが響いた。片桐先生も笑いながら言った。

「西原さん、お祈りポーズの青山さんの隣へ座って。次は」

と、名前を呼ばれた女子は席に座った。そして全員着席した。

「では、これからホームルームを始めます」

「まさか！」ぼくは危うく声を出しそうになった。片桐先生は心の中が見えるのだろうか？　西原さんはあの時小さく「はい」と言っ

てぼくの隣に座った。ぼくは心臓がドキドキして、その音が西原さんに聞こえるのではないかと気になった。西原さんは微笑みながら軽く頭を下げた。するとあの馬のしっぽが揺れた。ぼくも軽く頭を下げた。

好きな西原さんが隣の席にいることはうれしいのに、ほとんど話せずにみんなと騒いでいた。そのたびに片桐先生から注意された。

ぼくは家に帰ると一人だった。お母さんは勤めていて、お父さんは沖縄に単身赴任をしている。ぼくが中学生になったら東京の本社に戻るらしく、口癖は、

「裕一、お前は長男だからな。お母さんとおばあちゃんを頼むぞ」

と言った。頼むぞと言われても何をどうすればいいのかわからない

のだが「わかった」と答えて、家族を安心させていた。本当はぼくの気持ちを知ってほしい。そう思っていた。ぼくはある悩みを抱えていたのだ。

おばあちゃんは、お母さんのお母さんで、十一月で七十七歳になる。ぼくはおばあちゃんに育てられた。おばあちゃん子だ。そのおばあちゃんは昨年から東京のお年寄りの施設に入っている。毎週、日曜日にはお母さんと施設に会いに行く。おばあちゃんはぼくたちが来ることを楽しみにしていた。

「裕一、裕一の折った紫陽花、施設の入り口に飾ってあるよ。みんな、ほめてたよ」

おばあちゃんはうれしそうに言った。

折り紙を好きになったのは、おばあちゃんが教えてくれたからだった。

◇

四月の半ば、クラスもなんとかまとまりかけて隣の西原さんとも話せるようになった。

西原さんに誕生日を聞くと五月十五日だと言った。西原さんは大きな瞳をぼくに向け、

「青山君は何月生まれ?」と言った。

西原さんの大きな黒い瞳に吸い込まれそうになり、慌てて深呼吸すると言った。

「六月十八日。ふたご座だよ」

「私はおうし座。星座占いって、意外と当たるのよ。性格なんかもね」

ぼくは心の中で〝この調子だぞ〟と、両手の握りこぶしに力を込める。そしてさりげなく、

「好きな花はなに？」

西原さんは首をかしげて考えていたが、

「そうね、どの花も好きだけどひまわりかしら。ほらっ、ひまわりって太陽に向かって咲いてるでしょ、なんだか元気になれそう」

そして、黒板を見ながら、

「ひまわりが好き！」

と明るい声で言った。

「そうだね。ひまわりはいいね」

西原さんとひまわり

ぼくは思わず「ひまわりはぼくの宝物さ」と言いそうになった。

それは、おばあちゃんが初めて教えてくれた折り紙がひまわりの花だったのと、お母さんが大好きな花なのだ。

折り紙との出合いの原点、ひまわりは宝物なのだ。西原さんの誕生日には、折り紙でひまわりの花をプレゼントすることに決めた。

学校の休み時間に折り紙を折らないと決めたのは二年生の時で、ある男子から、

「裕一は女みたいだ。折り紙なんて男はしないさ。裕一とは遊ばないよ」

と言われ、それ以来学校で折り紙はやらないと決めたのだ。でも家に帰れば、おばあちゃんが地域の人にボランティアで折り紙を教え

ていた。

気がついたら折り紙がますます好きになっていた。おばあちゃんの指はまるで手品師みたいだった。雨が降って外で遊べない時にはおばあちゃんと折り紙を折っていた。折りながらおばあちゃんは、病気で死んだおじいちゃんの話をしてくれた。写真でしか見たことのないおじいちゃんが今も生きていたら、ぼくに何を教えてくれたのだろう。

おばあちゃんが施設に入ってからは、家の中が静かで学校から帰っても、

「お帰り、おなか空いただろう。おやつ作ってあるよ」

の言葉も聞けず淋しかった。おばあちゃんの存在はぼくの家族に

とって大きかったのだ。

　ある日、久しぶりにおばあちゃんの部屋に入り折り紙の箱を開けた。几帳面なおばあちゃんらしく、箱の中にはさまざまな種類の折り紙の材料が分別されていた。西原さんが好きだという、ひまわりの色を選ぶと折り始めた。

◇

　五月十五日。今日はぼくにとってはとっておきの日なのだ。今日は西原さんの誕生日。そのことは誰も知らないようだった。

　プレゼントのひまわりの花は、紙袋の箱の中にある。ぼくは西原さんに「あのさ」と、黒板を見ながら言ってみた。西原さんはその日、日直で日誌を書いていた。そして鉛筆を持ったままぼくを見ると言った。「なあに？」

　その時だった。突然校内放送が流れた。

「六年五組の西原香織さん、至急音楽室へ来てください」

と二回も呼び出した。西原さんは合唱コンクールのピアノ伴奏をすることになっていたのだ。さくら小学校では初めてのコンクール出場だった。西原さんは日誌とカバンを持ち、立ち上がると言った。

「青山君ごめんなさい。後でもいい？」

「い、いいよ。大したことじゃないから」

そう言った後でぼくは凹んだ。今日はぼくしか知らない特別の日なのだ。

〝サプライズができたのに……〟

教室を出て行く西原さんの馬の尻尾を見送り、紙袋の中の箱を見ていた。

　下校時間の校内放送が流れても西原さんは教室には戻ってこなかった。

　次の朝西原さんは、トレードマークの束ねた長い髪をゆらしながら、ぼくに近づくと大きな瞳をくりくりさせながら言った。

「昨日はごめんなさい。ところで用事って何かしら？　急ぎだった？」

「いや、もう解決したんだ。歴史のこと聞こうと思って」

「そうだったの。歴史っておもしろいよね」

「そうだね。西原さん得意だもんね」

「好きなだけよ。昨日練習終えたのが遅くてね。じゃ、帰ったのね。よかった」

「遅くなりそうだと思ったからさ、帰った」

西原さんはぼくが残っていたと思って気にしていたらしい。本当は門の所で待っていたのだ。西原さんの誕生日を聞いておきながら「おめでとう」が言えなかったことを後悔していた。まさかプレゼントを渡せないことになるなんて考えてなかったのだ。西原さんも誕生日のことを話題にもしないまま五月が過ぎた。

二つのさよなら

六月に入って雨の日が続き、梅雨入り宣言が出たその日だった。

さくら小学校で大きな事件が起きた。

六年一組の男子が自宅のマンションから飛び降り自殺したのだ。

学校中が大騒ぎだった。廊下を先生たちが走っていた。

「今日は臨時下校です」と、片桐先生は教室へ入るなり厳しい顔で言った。クラスの中にはその男子が誰なのか知っている子もいるらしく、友だちと顔を見合わせながら、帰り支度をすると黙って教室を出て行った。ぼくも自殺をしたのが誰なのか知っていた。四年生の時、同じクラスだった小野卓也君だ。〝卓也君〟ぼくは心の中で名前を呼んだ。

卓也君は休み時間、いつも教室で本を読んでいた。親しい友だちもいないようだった。

そんな卓也君が気になっていたぼくは、あることでとても親しくなりながら、クラスが変わると疎遠《そえん》になってしまった。その卓也君が自殺をしたのだ。どうして自殺したんだろう……。

ぼくはふと、四年生の時のことを思い出すと校門を出ずに、校庭のすみの築山へと向かった。

築山には二宮金次郎の銅像がある。薪《たきぎ》を背負い、本を開いている。二宮金次郎像は、さくら小学校のシンボルにもなっていた。

築山の横には飼育小屋があり、ぼくはその前に立つと金網の中をのぞいた。何もいなかった。張り紙に気がついた。
●飼育小屋は夏休みに取り払います。

いつだったか、鳥インフルエンザが流行した時から飼育小屋の住人は学校からほかへと移されたのだ。卓也君と親しくなったきっかけは、この飼育小屋だった。懐かしくなり、小屋の入り口に回った。鍵がかけられていた。住人が姿を消してからどのくらい経つのだろう。

あれは四年生の時だった。飼育係に卓也君とぼくが選ばれた。当時、小屋内には鶏三羽、チャボ五羽、ウサギ一羽が入っていた。各クラス二名、飼育係を選出することになった。しかしぼくのクラスは立候補がいなかったため、じゃんけんで決めることになった。それも最後まで勝ち残った二人。それがぼくと卓也君だった。早速当番が回ってきた。その日は休み明けで、餌も水も器は空っぽだった。

そしてフンだらけ。

「なんで、今日ぼくたちなんだよ」と、卓也君とぶつぶつ言いながら掃除を始めた。そこに猫が一匹入ってきた。中の住人たちは騒ぎ始めた。卓也君とぼくは扉が開いてることも忘れ、猫を追い払うのに夢中だった。その間に鶏もチャボもウサギも小屋から逃げ出してしまったのだ。卓也君は先生に助けを求めて職員室に走った。なんとか飼育小屋に戻したが、チャボ二羽は行方不明《ゆくえふめい》となり、ぼくたちは叱られることになった。

「掃除当番として責任感がないからです」と言う理由だった。

ぼくも卓也君も、「ごめんなさい」と謝った。チャボは三羽のままだった。二人で「飼育小屋逃走事件」と名づけ、それ以来卓也君とは仲良くなった。

卓也君はハーモニカを吹くのが上手だった。飼育当番の後、吹いて聴かせてくれた。教室の卓也君とは別人のように思えた。卓也君のハーモニカで校歌も歌った。ハーモニカはお父さんが教えてくれたのだと言う。ぼくも折り紙が好きなことを話した。

それから卓也君は教室の中でもみんなと話すようになった。飼育当番は後期、改めて選出することになっていたが、立候補者もいなさそうなので継続宣言をした。するとクラス全員からは喜ばれ、先生からもほめられ続投となった。何回目かの当番の日だった。飼育小屋の住人は餌をくれて、部屋の掃除をするぼくたちを警戒しなくなった。掃除も終わり、卓也君と築山の横にあるベンチに腰掛けて二宮金次郎の像と向かい合った。

突然卓也君は笑いながら言った。

「金次郎みたいに歩きながら本なんか読んだら、絶対危ないよね」

「でもさ、今はスマホでメールや電話しながら自転車や自動車を運転だよ」

「見たことあるある。ところでさ、この金次郎像はどうしてさくら小にあるのかな？」

卓也君はじっと像を見ていた。ぼくはさくら小のシンボル像の由来を答えられず黙っていた。

「ぼくね、人のために役立つ人になりたい。裕一君は？」

「えっ？　急に言われても。それは将来の自分ってこと？　卓也君は考えてるんだね」

「かもしれない。去年、おばあちゃんが死んだんだ。すごくショックだった。今のお母さんは二度目のお母さんなんだ」

「……」

　卓也君の言葉にぼくは何を言えばいいのかわからず、二宮金次郎が本に目を落としている先を見ていた。

　そんなぼくに卓也君は、「ごめん」と言い、ポケットからハーモニカを取り出した。お父さんが教えてくれたというハーモニカを、初めて聴いたのも当番の時だった。ぼくは卓也君のハーモニカを聴くのが好きだった。すごく上手だった。

「今度、クラスのみんなに聴かせてよ。小学生でこんなに上手に吹けるなんてすごい！」

「恥ずかしいよ。裕一君と友だちになれてよかった。飼育係になれてよかったよ。ぼく、じゃんけんには強いんだ」

「ぼくは弱いのにさ、最後まで勝ち進んだ」

二人で顔を見合わせながら笑った。

「ぼくはまだクラスになじめなくて」

「これからさ、仲良くやろうぜ！」

卓也君はハーモニカを手にしたまま、

「ぼくは船長になるのが夢なんだ。四国の高松までおばあちゃんを船に乗せてさ、田舎が高松なんだ。約束したんだ」

「すげー！　卓也君の夢、でか、男らしい！　ぼくはまだ思いつかないよ」

「おばあちゃんとの約束もいつかきっと。そしてお父さんとハーモニカを合奏する」

　卓也君の目はキラキラしていた。ぼくは、

「そうだ！　二人の夢をタイムカプセルに入れて六年生の卒業式に開けることにしようよ。友情の絆と夢。ワクワクするなあ」

と言った。卓也君はベンチから立ち上がり、

「賛成！　カプセルを埋めるのはこの、二宮金次郎像のそばがいいね」

　二人で金次郎像を廻りながらぼくは言った。

「金次郎像にはほぼ誰も来ないよね。カプセルはお菓子の空き缶が

いいね」

二人で決めたことは、お互いの夢を書き、大切なものを一つ封筒に入れ、さらに日付が分かる新聞紙で包むことにした。

後期が始まり当番が回ってきたのは十月の初め。掃除を早めに終えて日が暮れる前に、お互いに家から持ってきた園芸用のシャベルでカプセルにしたお菓子の缶が入る深さまで掘っていく。そして二宮金次郎像の後に埋めたのだ。初めのうちは何度か確かめに行ったがそのうち行かなくなってしまった。そして十二月、思いがけない悲しいことが起きた。冬休み前日のクリスマスの日。卓也君のお父さんが交通事故にあい死んだのだ。オートバイを運転していたお父さんは後ろからトラックに追突され即死だった。お父さんは卓也君へのクリスマスプレゼントに新しいハーモニカを用意していた。お父さんのカバンは投げ出されたが、中のハーモニカは無事だった。

明るくなった卓也君はだんだん口数も少なくなり、学校も休む日が続いた。

ぼくは折り紙しようと家に誘った。あの頃はおばあちゃんも家にいたので一緒にご飯を食べ、お風呂にも入りよく遊んだし、折り紙もおばあちゃんにほめられて喜んでいたのに、ある時から誘っても来なくなった。

卓也君もぼくと同じ一人子だった。そしておばあちゃん子でも似ていた。そしてお父さんが死んだ後、しばらくしてお母さんが再婚したのだ。卓也君は血のつながらない両親と暮らすことになったことや、新しいお父さんと仲良くできないことを友だちから聞いたことがあった。
やがて、五年、六年とクラスも違い休みがちという卓也君には自然と会わなくなった。
ぼくは二宮金次郎像を見た。その時だった。
「校庭に残っている人、早く下校しなさい」
と、アナウンスが流れた。
「やばっ！」ぼくは金次郎像を離れると校門へと走った。

◇

卓也君の自殺は「いじめ」が原因だった。名前こそ伏せられていたが、テレビや新聞で報道された。ぼくは卓也君のお母さんが再婚したのが原因できっと淋しかったのだと思っていた。しかし自殺の本当の理由は、コンビニで万引きをさせられたりしたことだとわかり始めた。

卓也君は遺書を残していたこともニュースで知った。〝そう言えば〟と、ぼくは思い出したことがあった。五年生の時だった。その頃は卓也君とは疎遠になっていた。

夕暮れの学校帰りに、体育館の裏で数人の男子に取り囲まれている男子を見かけたことがあったのだ。

体育館内の灯りがガラスのドアに反射して横顔がちらっと見えた。もしかしたら卓也君かもしれないと気になりながら、誰にも気づかれないように帰ってしまった。やがてそのことも思い出さなくなっていた。

あの時、どうしてぼくは黙っていたのだろう。担任の片桐先生にも家族にもクラスの友だちにも話さなかった。ぼくは卓也君が自殺したことに責任を感じ始めていた。頭の中がもやもやし始めた。卓也君に謝ることはできない。卓也君はもう、死んでしまったのだから。飼育係で友だちになった卓也君とはお父さんの死を境に、さらに距離ができてしまった。もっと話を聞いていたら卓也君は自殺なんかしなかったかもしれない……。

七月になった。

落ち込んでいるぼくを見て西原さんが、

「青山君、元気出して。そうね、悲しいよね。さくら小の生徒だもの」

西原さんは悲しそうな声で言った。そして、

「もしかして、飼育当番の卓也君のこと？　ハーモニカが上手だという？」

ぼくは黙ってうなずいた。卓也君のことを西原さんに話したことがあったのだ。

「お友だち、いなかったのかしら？」

西原さんはポケットからハンカチを取り出すと目頭を押さえた。

〝ぼくはいじめを見たんだ！〟と、西原さんに話そうと思いながら言えず黙っていた。

夏休みを二週間後に控えた金曜日のこと、ぼくをさらにがっかりさせることが起きた。

西原さんが転校することになったのだ。お父さんの転勤先が富山県の砺波《となみ》市だという。

〝えっ、マジで？〟ぼくは隣の西原さんをあえて見ないで心の中でつぶやいた。

「じゃ、一緒に卒業できないってこと？」

「西原さん、富山って北陸新幹線だよね」

「すげー、いいなあ。うちは自転車屋だから転勤はないしなあ」

教室中は西原さんより北陸新幹線の話題で盛り上がりざわつき始めた。

「静かに。短い期間でしたが、西原さんとは今日でお別れです」

片桐先生は西原さんを手招きしながら言った。西原さんが席を立つ瞬間、西原さんと目と目が合った。西原さんは淋しそうにぼくを見た。ぼくは強がって大きくうなずくと、馬の尻尾をゆらして歩いていく西原さんの背中を見ていた。

片桐先生は横にいる西原さんを見て言った。

「西原さんのおかげで、さくら小学校は合唱コンクールで優勝しました」

拍手が起こった。先生は大きくうなずくと、

「西原さんのピアノ演奏はすばらしかったね。とても残念ですが、これからもがんばって！」

再び拍手が起きた。西原さんは一歩出ると、

「皆さんと卒業できなくて淋しいです。でも皆さんのこと忘れませ

ん。ありがとう」

一瞬静かになった。転校のこと打ち明けてくれて、今日だと知っていたら誕生日に渡せなかったひまわりを持ってきたのにと、別れの言葉をぼんやり聞いていた。

西原さんが席に戻ってきた。

「今日だなんてびっくりした」

ぼくがボソッと言うと西原さんは小声で、

「悲しくて言えなかったの。さくら小学校は一番楽しかったしそれに……」

〝それにってなに？〟。西原さんは黙っていた。

「ぼくのお父さんは単身赴任だけど、西原さんのお父さんはしないんだね?」

「そうなの」

「渡せなかったプレゼント、送るよ」

「えっ? プレゼント? ありがとう」

西原さんはうれしそうに言った。そして上履きの袋やカバンを持つと、

「みんなのこと忘れません。ありがとう」

と、もう一度言うと教室を出て行った。なんだか教室全体が急に淋しくなった気がした。

ぼくは二つの「別れ」が当分忘れられそうになかった。

もうすぐ夏休みだというのに少しもうれしくはなかった。そんな

二つのさよなら

土曜日のことだった。

明日はおばあちゃんの施設へ行くことになっていて、西原さんが好きだと言っていたひまわりを折っていた。ひまわりを持って行くことにしていたのだ。

西原さんはどうしているだろう。

〝もっと勇気をだして話せばよかった〟

後悔しながらひまわりを折っていた。

梅雨も明け、外は暑そうだった。救急車のサイレンが聞こえた。音は近づいて来た。

窓を開けた。やがて救急車は通り過ぎて行った。窓を閉めながら、ふと、おばあちゃんの事件を思い出していた。

おばあちゃんと五粒の安定剤

三年生の時、おばあちゃんが脳梗塞《のうこうそく》で倒れた。

入院して一週間目、じゃがいもが大好きなおばあちゃんは「蒸かしたじゃがいもが食べたい」と言った。お母さんはさっそく病院へ持っていった。ベッドに横になっているおばあちゃんに、お母さんは顔を寄せると言った。

「おばあちゃん、じゃがいも食べられる？」

するとおばあちゃんは、お母さんの手を握りしめると今にも泣きだしそうな顔をして、

「恵子、わたし、言葉がおかしいだろう？　目も変だろう？　右手も麻痺《まひ》してるみたいだよ」

確かに今までのおばあちゃんとは違う。

目も焦点が合っていない。言葉もなんだかおかしい。そして利き手の右手は力が入っていないのだ。お母さんは首を大きく振ると、

「おばあちゃん、今までと変わらないわよ。先生が軽いから大丈夫って、また元のように戻るって！　はい、じゃがいも」

「そうかい、大丈夫なんだね」

おばあちゃんは、手渡されたじゃがいもを右手に握ると口へは運ばず、ほっぺたにじゃがいもを押し当てた。するとお母さんはじゃがいもをそっと取り、口に入れた。ぼくは急に悲しくなって病室を出ようと思った。でもお母さんはもっと悲しいかもしれないと、お母さんの顔を見て大きくうなずいた。そして、

「おばあちゃん、元気出してよ。また一緒に折り紙しようよ。新し

いの覚えたんだ」

「おばあちゃんも早く退院したいさ。今度は裕一が先生だよ」

「おばあちゃんの教え方が上手だから、裕一は折り紙が得意になったのよ」

「ね、裕ちゃん」とお母さんはぼくを見ながら笑った。おばあちゃんはおいしそうに、口をもぐもぐさせていた。

お父さんもびっくりして沖縄から病院に駆けつけた。

おばあちゃんの両手を握りながら、

「お義母《かあ》さん、もう少ししたら一緒に暮らせますからね。早く元気になってくださいね」

と、力を込めて言った。

おばあちゃんと五粒の安定剤

「隆さん、頼みます。裕一がね、救急車と恵子に連絡してくれたおかげで軽くてよかった」

おばあちゃんは涙ぐんで言った。

「そうか、お父さん安心して仕事ができるぞ。裕一、ありがとうな」

ぼくはほめられて恥ずかしかった。でも早く家族四人の生活に戻れたらいいのにと考えていた。

おばあちゃんは早く退院して、折り紙や庭の植木の手入れがしたい一心でリハビリを毎日続けた。やがて主治医の先生も驚くほど早く回復したのだ。ろれつが回らなかった言葉やうつろな目も、そして右手の麻痺も消えて三ヵ月後に退院した。

また三人の生活になった。おばあちゃんは体の調子がいいと、家の中のことや庭仕事に夢中になってしまう。その結果、入退院を繰り返していた。

三年生も終わりの三月のことだった。

おばあちゃんは眠れないからと、かかりつけの田村医院でもらう安定剤を飲んでいた。薬を取りに行くのはぼくだった。

その日、公園に行こうとするぼくをおばあちゃんが呼び止めた。ベッドに座るおばあちゃんはいつもと違い元気がなかった。

「裕一、おばあちゃんさ、前のようにさっさとできなくて。死にたいよ。本当だよ。情けないよ。どうしたら死ねるのかねえ」

おばあちゃんは声を出して泣き始めた。

ぼくはベッドの枕元にあるタオルをおばあちゃんに渡しながら

言った。

「おばあちゃん、ぼく、子ども会の野球の試合に出るんだよ。おばあちゃんのためにホームラン打つからね。応援に来てよ！」

おばあちゃんはタオルで涙をふき、

「そりゃ行きたいよ。裕一はかわいい孫だもの。でも、おばあちゃんもうダメだよ」

ぼくはベッドに備え付けの時計を見た。

公園での野球の練習時間が迫っていた。

『試合前だから遅れないように』と、監督に言われていたのだ。泣いてるおばあちゃんを見ながら、ぼくは小さな声で言った。

「あのね。薬をまとめて飲めばいいんだよ」

するとおばあちゃんは突然泣くのをやめ、うなずくと言った。

「裕一、野球の練習だろう。行っておいで」

その時はおばあちゃんに言った言葉を深く考えもしなかった。そしておばあちゃんに、「行ってきます」と言って、玄関のカギをかけて練習の公園へ走って行った。

次の日だった。その日は水曜日でぼくは給食が終わると下校だった。一時半ごろ家に着くとお母さんが玄関の鍵を開けているところだった。お母さんは家に電話をかけても通じないので慌てて帰ってきたのだと言った。

おばあちゃんの部屋に行くとおばあちゃんはベッドで寝ていた。

お母さんは、

「おばあちゃん、ただいま」と声をかけた。

しかしお母さんの呼びかけにおばあちゃんは何も言わない。お母さんはまた呼びかけた。

するとおばあちゃんの口から思わぬ言葉が出た。

「今日、死のうと思って薬をまとめて飲んだのに死ねなかった」

そのおばあちゃんの言葉にお母さんが形相を変えて、突然ベッドの上のおばあちゃんに馬乗りになると叫んだ。

「なんで死のうなんて考えたの！　何が気に入らないの！　お母さん、お母さん」

と泣きながらおばあちゃんの細い肩を揺さぶっていた。おばあちゃんは目を閉じたまま顔だけが泣いていて、涙は出ていなかった。

ぼくはどうしていいかわからなかった。安定剤をまとめて飲むことを教えたのはぼくなのだ。ぼくは叫んだ。

「お母さん、救急車呼ぼう。お母さん！」

お母さんはハッとした顔をしてベッドから下りた。おばあちゃんは病院に運ばれた。お母さんが早く帰ってきたことや、馬乗りになって体を揺さぶったことが、一命をとりとめたのだと病院の先生が話してくれた。いつも明るいお母さんは、とても悲しそうな顔をしていた。ぼくはおばあちゃんが死ななくてよかったと思った。

「裕ちゃん、びっくりさせてごめんね。もう大丈夫よ。今回のことはお父さんには言わない。おばあちゃんもつらかったと思うの」

お母さんはいつもの顔に戻っていた。ぼくは黙ってうなずいた。

ベッドの横のごみ箱に、五粒の安定剤は空の状態のまま入っていた。

ぼくはおばあちゃんとお母さんに、いつか本当のことを話して謝りたいと思った。

おばあちゃんは退院した。

おばあちゃんと一人子のお母さんは、東京の赤坂に住んでいた。お母さんが結婚して横浜に住むことになり、ぼくが生まれたのでおばあちゃんは東京の赤坂から横浜のぼくの家で暮らすようになったのだ。お母さんが働いていたからだった。最近おばあちゃんは施設に入りたいと言っていた。反対したのはお母さんだ。

「離れたら余計に心配よ。私は反対」

ぼくもお母さんと同じだった。ぼくはずっとおばあちゃんと生活してきた。家に帰るとおばあちゃんがいたので淋しくはなかったし、これからも一緒にいたいと思っていた。

でもおばあちゃんの安定剤事件でお母さんの考えが変わった気がしていた。反対しなくなったからだ。

脳梗塞《のうこうそく》の入退院ですっかり気弱になったおばあちゃんを、淋しさと不安の中で一人にさせるより、おばあちゃんの住み慣れた赤坂での生活の方がいいと施設に申し込んでいたのだ。横浜に住みながらも時々は赤坂に出かけていた。その施設から通知がきておばあちゃんは入れることになった。

学校へ行きたくない

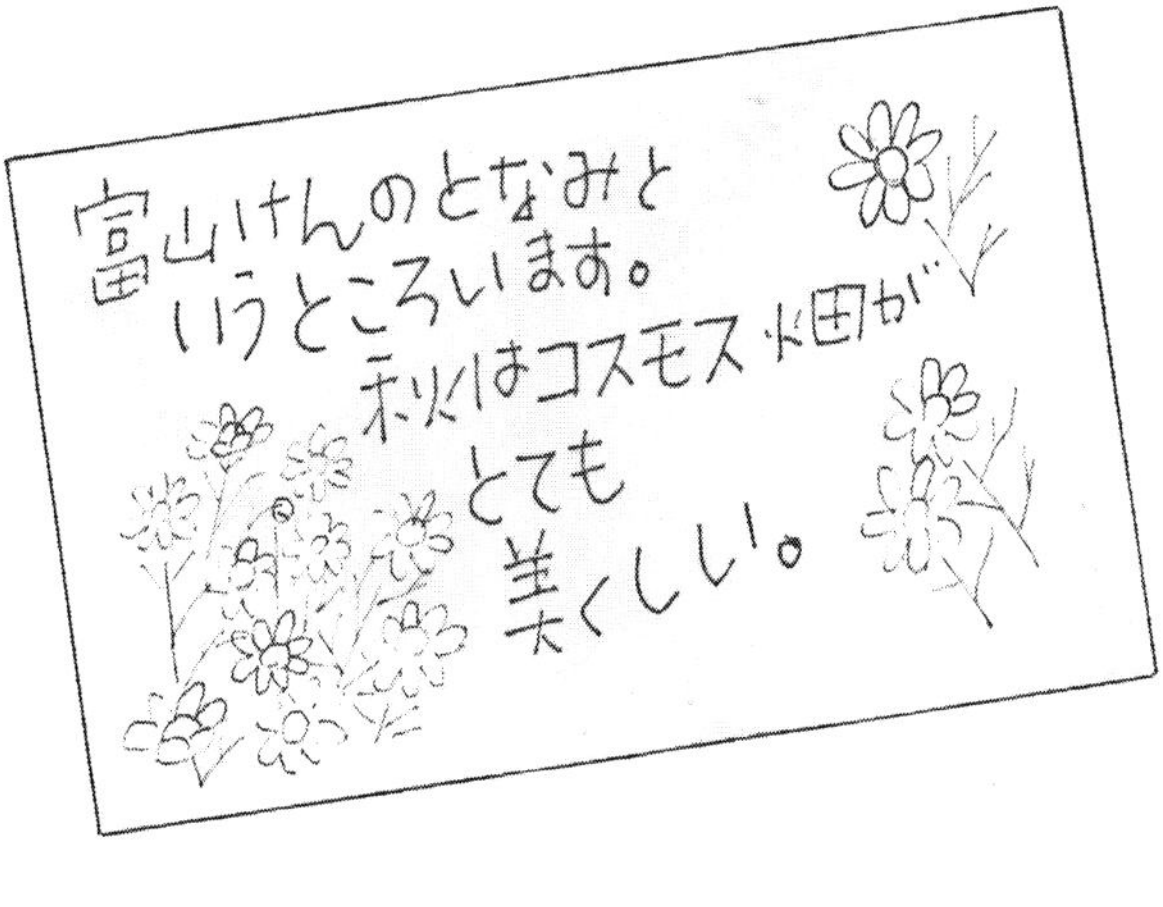
富山けんのとなみと
いうところいます。
秋はコスモス畑が
とても
美しい。

夏休み前でクラスはざわついていた。僕は毎日がおもしろくはなかった。卓也君のことやおばあちゃんの薬事件が思い出され、心から離れなかった。この二つのことはぼくに責任があるのだ。その思いはだんだん強くなっていった。

教室の中に自分だけが取り残されているような気がして、誰とも話したくなかった。

授業中に片桐先生が突然ぼくを呼んだ。

「青山さん、いつもの君らしくないけど。そうか、隣の西原さんが転校したせいかな」

片桐先生の言葉に教室は蜂の巣をつついたようになった。ぼくは少しむきになり、

「違うね、残念でした。はずれだね」

と、そらとぼけて言った。

「まあ、そうむきにならないで青山さん。実はね、西原さんからクラスのみんな宛てに絵はがきが届きました」

片桐先生の言葉にまた騒がしくなった。

確かにぼくの隣の席は空いたままだ。でもぼくは少しだけもやもやした思いが消えていた。ぼくにも西原さんからはがきが届いていたからだ。渡せなかった折り紙のひまわりを新しい住所に送っておいたのだ。

片桐先生ははがきを読み上げた。

「富山県の砺波《となみ》市はチューリップで有名なところです。六年五組のクラス全員のことをときどき思い出してます」

片桐先生は読み終えると絵はがきを見せながら、

「スキー場のゲレンデは、秋にはコスモス畑になるそうです。この写真がそうね」

「すげー、一面コスモスの花だ」

「行ってみたいね。西原さんいいなあ」

みんなは口々に言った。片桐先生が、

「みんなで早速、返事を出しましょうね。はがきは先生が用意します。西原さんはきっと新しい学校でも元気でしょう」

と、黒板に西原さんの住所を書き始めた。

ぼくは、西原さんのことを考えていた。今も馬の尻尾のように長い髪を振りながら歩いているのだろうか。

西原さんから届いたはがきには、ぼくが折り紙が得意だと言うことを知らなかったのでびっくりしたことや、折り紙のひまわりは自分の部屋に飾ったこと、家族もほめていたこと。そして「将来はきっと、折り紙作家になれるからがんばってね」と書いてあった。それだけだったけどうれしかった。

今日は少しだけ、暗かった気持ちが明るくなった。

次の日、また暗い気持ちの自分に戻っていた。夏休みが始まる三日前、学校を休んだ。ぼくより遅く出かけるお母さんと朝ご飯を食べるのが七時半と決まっていた。朝、頭が痛いとお母さんに嘘《うそ》をついた。お母さんは、

「どれどれ」と額に手を置き、体温計を持ってきた。ぼくは熱を測ることになった。しばらくすると脇の下の体温計が、ピピピと鳴り出した。平熱の三十六度。しかし、ぼくは今日からが夏休み。学校へ行きたくないと決めたのだ。お母さんは体温計をケースに戻しながら、

「熱はないようね。風邪の前兆かしら？　後で田村医院に行きなさい。院長先生には電話しておくから。片桐先生にもね」

ぼくは慌てた。田村医院へは行く必要がないのだから。

「お母さん、片桐先生だけでいいよ。朝ご飯は後で食べる。もう、寝るからさ」

「大丈夫かしら？　夏休みまであと少しなのに残念！」

お母さんはぼくの嘘《うそ》を信じて出かけて行った。昨年も一年間休まず皆勤賞だった。今年は今日休むことでもらえなくなるけれど、ぼくの決心は変わらない。

昼間、テレビゲームをしたり折り紙の本を見て制作したりして時間を過ごしていた。でも、クラスのことが気にはなっていた。

お母さんはいつもより二時間も早い六時に帰ってきた。そして、ぼくの部屋をのぞき、

「ただいま、心配ないようね。さて、今夜は裕ちゃんの好きなハンバーグ作るね」

「やったー。ぼく、もう大丈夫だよ」

ぼくは明日も休むつもりなのに、うれしくなってはしゃいでいた。

夕飯の時だった。お母さんはいつもと違う。ぼくはテーブルに座りハンバーグを皿に盛りつけしているお母さんの背中を見ていた。やはり変だ。突然お母さんは振り向いた。

「はい、出来上がり。久しぶりだね。早い夕食。たまには早く帰ってこようかな」

「うん、その方がいいな。おばあちゃんもいないし。お母さん、いただきます」

ぼくは仮病のことはすっかり忘れていた。大きなハンバーグをぺろりと平らげた。

「お母さん、おいしかったよ」

「それはそうよ。裕ちゃんのために作ったんだもの。また作るからね」

お母さんはそう言うと片付けを始めた。ぼくは拭く係だ。お母さんは洗い物をしながら、

「裕ちゃん、今日ね、お母さんの携帯に担任の片桐先生から電話があったの」

「えっ、先生から？」

お母さんは水道の水を止め、手を拭くと、

「椅子に座って」

と立っているぼくに言った。

「片桐先生がね、最近の青山さん元気がないけど、何か思い当たることないですかって。そう聞かれても、いつもの裕ちゃんだし」

ぼくは黙ってテーブルの上を見ていた。

〝何もないよ〟と言えなかったのだ。

「先生が言ってた。同学年の卓也君の自殺のショックで、誰もが気持ちが不安定になっているって」

ぼくは〝言うなら今だ、打ち明けよう卓也君のこと、そしておばあちゃんのことも〟。でも言えなかった。

「裕ちゃんも一週間ぐらい口もきかなかったものね。あの時、心配してたのよ」

お母さんはため息をつくと大きくうなずき、

「本当にショックだった。保護者会も何度もあったわ。卓也君はうちにも来てたし、さすがにおばあちゃんには言えなかった」

ぼくは黙ってうなずいた。よその子も同じように叱って、やさしくするおばあちゃんが卓也君のことを知ったら悲しむに違いないと、ぼくもお母さんも思っていた。

　お母さんは突然思い出し笑いをすると、

「青山さんは折り紙王子と呼ばれてクラスの女子には人気者なんですよって、そうなの裕ちゃん？　折り紙王子か、いいじゃない」

　ぼくは知らなかった。それも女子が噂をしてるなんて……。

「そんなこと知らないよ。それにみんなの前で折ったりしないもん！」

　ぼくは口をとがらせた。

「いいことよ。得意なことがあるってことは。折り紙も芸術。折り紙王子がんばれがんばれ。ところで裕ちゃん、何か心配なことはない？　友だちのこととか」

「何もないよ。大丈夫だよ。本当だよ」

「そう、安心した。明日は学校に行けるね。お友だちも心配していたそうよ」

　片桐先生はぼくのことを心配していたのだ。ぼくが学校へ行きたくない理由は、卓也君とおばあちゃんの事件を誰かに話す勇気がない自分がいやになっていたからだ。早く休みになればみんなに会わないですむ。そう思っていた。ぼくはどこかに逃げてしまいたかった。

おばあちゃんと散歩

学校へは行かないまま夏休みになった。宿題もうんざりするくらいたくさん出たが、ぼくは折り紙の作品をコンクールに出してみようと決めていた。その相談をおばあちゃんにするつもりで赤坂の施設へ出かけた。おばあちゃんが入っている施設は地下鉄千代田線の赤坂駅近くにある。リュックサックには折り紙の作品とおばあちゃんの好きな塩大福が二つ入っている。

おばあちゃんは月に一度、必ず巣鴨のお地蔵さまに行っていた。ぼくは幼稚園の年少からおばあちゃんに連れられて行っていた。楽しみはお地蔵さまの帰りに寄る和菓子屋で塩大福を食べることだった。

今日の塩大福はお母さんがデパートで買ってきたのだが、おばあちゃんはなんと言うだろう。そう言えばおばあちゃんもぼくも巣鴨には行かなくなっていた。

赤坂駅の改札を出て地上に出ると赤坂通りだ。ビルの周りの樹木から蝉の声が聴こえた。汗が噴き出た。ゆるい坂を上りきったところで立ち止まった。施設への入り口はすぐそばだ。

ぼくは大きな銀杏の木を見上げた。そして歴史上の二人の偉人の銅像を見ていた。

「勝海舟と坂本龍馬の師弟像」となっていた。

おばあちゃんの施設は元氷川小学校、もっと前は勝海舟が住んでいたところだった。おばあちゃんは行くたびに赤坂の歴史を話してくれる。施設の近くには氷川神社がある。境内には樹齢四百年以上の銀杏の木も。

ぼくはときどき、遠回りして施設に行くようにしている。氷川神社の本殿で鈴を勢いよく振った。そして手を合わせると小さく声を出した。

「おばあちゃんがいつまでも元気でいますように」

ぼくが施設に入ると玄関にはおばあちゃんが杖《つえ》をついて待っていた。

「よく来たね」

元気な声は変わらない。おばあちゃんに近寄ると施設の受付カウンターの面会名簿に名前を書いた。おばあちゃんは受付のおばさんに、

おばあちゃんと散歩

「孫の裕一です。今日は横浜から一人で来たんですよ。娘は仕事でしてね」

ぼくは被っていた野球帽を取り、おばさんに頭を下げた。

「こんにちは。裕一です。おばあちゃんがお世話になってます」

受付のおばさんは大きく二回もうなずいて、

「おばあちゃん、折り紙王子のお孫さんね。こんにちは。きれいな折り紙ありがとう。紫陽花はほら、ここに」

おばさんの指さしたロビーの壁に飾ってある。ぼくは折り紙王子の言葉にびっくりして、おばあちゃんの顔を見た。

「お母さんがね、電話で話してくれたよ。おばあちゃんは、おばあちゃんうれしいよ」

「お母さん、話したんだ。恥ずかしいよ」

と口をとがらせた。

「裕一君、おばあちゃんね、今日を楽しみにしていたのよ。おばさんもうれしいわ」

おばさんはニコニコしながら言った。その時、受付の電話が鳴った。おばさんは受話器を取ると話し始めた。ぼくとおばあちゃんはその場を離れると、エレベーターで二階のおばあちゃんの個室へ行った。

おばあちゃんの部屋はベランダ側だった。春になると窓から満開の桜が見えた。

おばあちゃんとベッドに腰掛けた。そしてリュックサックから塩大福二個と、折り紙で折ったひまわりを出した。おばあちゃんは、

おばあちゃんと散歩

「裕一、よく折ったね、こんなに。ええっ、三十くらいあるかね？」

「三十五個。ひまわりって太陽に向かって咲いてるでしょ、なんだか元気になれるよね」

ぼくは西原さんが言った言葉をおばあちゃんに言っていたのだ。

「そうだね、でもよく折ったね。感心した」

おばあちゃんはひまわりを手にすると、じっくり眺めながら言った。

「裕一はセンスがいい。さすが折り紙王子」

「おばあちゃんのおかげだよ。照れるなあ」

ぼくはベッドの上にひまわりを置いた。

黄色と茶色の折り紙で作ったひまわりがベッドの上で咲いてい

た。

おばあちゃんに塩大福を渡した。

「裕一、巣鴨のお地蔵さまに行ってた頃を思い出すねえ。裕一は幼稚園の年少の時だね」

「うん、覚えてるよ。帰りに塩大福を食べるのがうれしかった」

塩大福も食べ終えて散歩に行くことになり一階の玄関まで行った。玄関には施設の車椅子が用意されていた。ぼくがおばあちゃんを車椅子に乗せ施設を出ようとした時、受付のおばさんが慌てた様子で麦わら帽子を持って来るとおばあちゃんの頭に被せた。

受付のおばさんは手を振りながら、

「清乃《きよの》さん、行ってらっしゃい」

おばあちゃんと散歩

おばあちゃんの名前は桑原清乃という。

施設では桑原さんとか、きよのさんと呼ばれていた。おばあちゃんはうれしそうに、

「行ってきます」と手を振った。ぼくは車椅子を押しながら施設を出た。

太陽がまぶしかった。施設の桜の木で蝉が鳴いていた。

「裕一、おばあちゃん楽しいよ」

「よかった。おばあちゃん、東京にも蝉がいるんだ。いないと思ってた」

「いるんだよ。緑も多いし、秋には虫の声も聴こえる。それにお祭りもあるよ」

「お祭りもあるの？　この近くってこと？」

「そう、九月には氷川神社でね。山車《だし》や神輿《みこし》も出て、それは大にぎわいさ。今年はおいで」

ぼくの住んでる横浜は田園風景が広がっている。蝉も鳥も、池ではカエルの声も聴ける。東京は全く違うと思っていた。

ぼくは坂道を下りたところで止まった。

「おばあちゃん、今日はどの道を行く？　この前は薬研坂《やげんざか》だったね。薬の材料を砕く器具に似てるからついたんだね」

「そうだよ。よく覚えてるね。赤坂は坂の多いまちだからね」

「ぼくは坂が好きだな。薬研坂を上るとすぐに三分坂《さんぷんざか》だね。下りたそばに報土寺《ほうどうじ》」

「報土寺の門の入り口の塀は築地塀《ついじべい》と言ってね、これも有名なんだよ」

「そして雷電《らいでん》というお相撲さんが眠っている。ぼく、庭の雷電の手形の石に合わせたんだ」

「大きかっただろう？」

「でかかった。おばあちゃん、右左どっちに行く？」

おばあちゃんは左右を見て、左と言う。

「今日は乃木坂《のぎざか》。久しぶりに乃木神社にお参りしようかね」

「乃木神社？　ぼく初めてだよね？」

「そうだね。何十年ぶりかしら。ほらっ、もう見えてきた。信号渡って」

反対側に渡る信号機が青に変わった。

この日、乃木神社境内は骨董市でにぎわっていた。古い置物や着物や壊れかけた陶器も並んでいる。植木も売っていた。植木好きのおばあちゃんの目は輝き、

「杖《つえ》を持ってくればよかったよ。車椅子で階段は無理だ」

おばあちゃんの声はがっかりしている。

確かに車椅子ごとおばあちゃんと階段を上るのは無理だ。どうしよう。その時だった。紺のはんてんを着て、豆しぼりの手ぬぐいを鉢巻きにしたおじさんが二人、近寄って来た。

「坊や、おじさんに任せな。いい子だな」

そう言うとおばあちゃんの車椅子を本殿前まで運んでくれたの

だった。おばあちゃんは、

「ありがとうございます」と何度も言った。

ぼくもあわてて頭を下げた。

「いいお孫さんだね」

と、おじさんはぼくの頭をなでてくれた。二人は植木屋さんだった。

◇

「おばあちゃん良かったね」

「ありがたいね。裕一が思いやりのある子だからね。うれしいよ」

境内には玉砂利《たまじゃり》も敷かれていた。大きな立派な本殿だった。おばあちゃんは麦わら帽子を取り、車椅子に座ったまま手を合わせた。おばあちゃんの代わりにお金をさいせん箱に入れた。ぼくも帽子を取ると手を合わせた。ぼくはその時気がついた。鈴がなかったのだ。ぼくたちの後から来た人がさいせん箱に入れたお金の音がした。ちらっと見ると目を閉じて手を合わせていた。

「さて、お参りも済んだし、骨董市の植木屋の前に旧乃木邸に行ってみようかね」

おばあちゃんに言われ、ぼくは車椅子を押すと本殿を出た。ところが旧乃木邸に入るまでに二カ所の階段がある。すると、さっきのおじさん二人がまた飛んで来て手伝ってくれた。

旧乃木邸の庭は広く、樹木の多さにおばあちゃんは大喜びだった。花も植えられ畑の柵の中に小さな葉っぱが見えた。庭の掃除をしているおじさんにすれ違うとおばあちゃんは、

「手入れが行き届いてますね」と言った。

「ありがとうございます」

ぼくは黙って頭を下げると道に沿って車椅子を押して行った。ゆるやかな坂を上りきると旧乃木邸の正門らしく大通りが見えた。

レンガの建物があった。おばあちゃんが、

「そこの馬小屋の前が涼しそうだね。少し休もう。裕一疲れただろ」

「平気だよ。おばあちゃんこそ疲れたんじゃない」

と言いながら、ぼくは視界に入ったものをちらっと見て、馬小屋の前に車椅子を止めた。大きな立派な馬小屋だった。でも馬はいなかった。おばあちゃんは車椅子の袋からペットボトルを取り出すとぼくにもくれた。

「えっ、ぼくの分もあるの？」

「受付のおばさんがね、折り紙王子にって」

おばあちゃん笑いながら言うと、ふうっとため息をついた。

「おばあちゃんどうしたの？」

おばあちゃんは立っているぼくを見上げ、思い出すようにそしてうれしそうに言った。

「あのね、おじいちゃんがこの乃木神社で結婚の約束をしてくれたのよ」

「プロポーズってこと？　おばあちゃんが何歳の時？」

「おばあちゃんが三十歳でおじいちゃんが三十七歳。思い出の場所なわけ」

「お母さんはこのこと知ってる？」

「知らないよ。話してないもの」

おばあちゃんは恥ずかしそうに「昔の話」と笑いながら言った。

ぼくはお母さんに聞いてみようと思った。

「おばあちゃん、ぼく気になってる銅像があるんだけど」

「銅像？　どこの？」

「そこだよ」と、指を指した。その銅像は目と鼻の先にあった。

ぼくは銅像に近づこうと車椅子を動かした。おばあちゃんは大きくうなずくと、

「おばあちゃん知らなかったよ。こんな銅像があるなんて」

と、車椅子から乗り出すようにして銅像を見た。

「『乃木大将と辻占《うじうら》売り少年像』って書いてあるよ。説明板もあるよ」

「裕一、説明板を読んで聞かせてよ」

「わかった」と、ぼくは読み始めた。


今に伝えられる「乃木大将と辻占売りの少年」の話は、明治二十四年、乃木希典《のぎまれすけ》が陸軍少将の時代、用務で金沢を訪れた折のことです。希典は金沢で偶然、当時八歳の今越清三朗《いまこしせいざぶろう》少年に出会いました。今越少年は、辻占売りを営みながら一家の生計を支えていました。この姿に感銘を受けた希典は、少年を励まし、金弐円を手渡しました。今越少年はこの恩を忘れることなく、努力を重ね、金箔業の世界で大きな実績を積み上げました。

この銅像は、こうした乃木希典の人となりを伝えるものとして、昭和四十三年に旧ニッカ池（六本木六丁目）の縁に造立されましたが、このたび旧ニッカ池周辺が整備されることとなり、希典所縁のこの地に移建されました。

平成十三年九月

ぼくは読み終えると、初めて見たこの銅像の少年を不思議な思いで見入っていた。

「うーん。平成十三年なら知らないはずだ」

おばあちゃんは「そう、ありがとう」と言いながら何度もうなずいていた。

明治時代なんて十二歳のぼくには想像もつかない。〝辻占売りってなんだろう、どうして八歳で働いていたんだろう、金沢ってどんなところなんだろう……〟。ぼくの小さな魂は、この少年、今越君のとりこになり始めていた。そして乃木希典という人のことも知りたいと思った。

「この銅像の話はおばあちゃんも知ってる。おじいちゃんの故郷が金沢だからね。おじいちゃんのお父さんから聞いたことあったよ」

「えっ？　金沢に親せきがあるの？」

声が上ずっているのが自分でもわかった。

「おばあちゃん、ぼくこの少年のことや乃木希典という人のこともっと知りたいよ」

おばあちゃんと散歩

「八歳の少年がねえ。偉いねえ」

最近涙もろくなったおばあちゃんは、タオルで目頭を押さえていた。

「おばあちゃん、どうやったら調べられるの？」

「そうだね、やはり乃木神社の社務所かね。裕一の探求心は死んだおじいちゃんにそっくりだね」

ぼくが車椅子の向きを変えた時だった。庭の掃除をしていたおじさんが歩いて来た。

おばあちゃんはおじさんに声をかけた。そして近づいて来たおじさんに、

「実は、孫がですね」と銅像を見ながら話している。おじさんは時々

ぼくの顔を見ながら笑顔でうなずき、おばあちゃんの話を聞いていた。聞き終えたおじさんは、

「ではここでお待ちください」

とその場を離れ、乃木神社の方へ歩いて行った。

「おばあちゃん、ありがとう」

「気になったことは調べる。大切だよ。おばあちゃんだって調べる。すぐに忘れるけど」

おばあちゃんは「ははは」と笑った。そこへ、さっきのおじさんと、袴《はかま》をはいた男の人が近づいて来た。袴の人は頭を下げ、

「今日はようこそお参りくださいました。私は禰宜《ねぎ》（※1）の飯島と言います。話は伺いましたが、どのあたりの説明を？」

ぼくはとにかく少年のことを知りたかった。少年を見ているとなんだか友だちみたいな気持ちになっていたのだ。

「青山裕一です。初めて来ました」

「裕一君がこの銅像の乃木大将と今越少年のことを知りたいんだね？」

「そうです。ぼくは今、六年生です」

「わかりました。しかし裕一君のような小学生がいることがわかり、この銅像を伝えていく我々にとってはありがたいことです」

と飯島さんは、ぼくとおばあちゃんに頭を下げた。そして、

「小学生向き伝記小説『乃木希典《のぎまれすけ》』と今越清三朗《いまこしせいざぶろう》さんの自叙伝が社務所にあります。差し上げましょう。暑いですがここでお待ちくだ

さい」

そう言うと小走りに社務所に向かった。

気がつくと庭掃除のおじさんはいなかった。

「おばあちゃん、親切な人たちだね」

「そうだね」

「植木屋のおじさんたちも親切だったね。全然知らない人だよね」

「人の親切にありがとう、の気持ちが大切。家族だってそうだよ」

ぼくは大きくうなずいた。お父さんとお母さんそれにおばあちゃん。どれだけの「ありがとう」を言えてるだろう……。

飯島さんが本を抱えて歩いてきた。

「お待たせしました。この四冊で大体わかると思いますよ。裕一君だったね。知りたいことがあったらいつでもおいで」

　ぼくは手渡された四冊の本を抱きかかえ、

「ありがとうございます！」

と大きな声で言った。おばあちゃんは、

「裕一、よかったね。感謝します」

　おばあちゃんは飯島さんに頭を下げて言った。

「私はこれで。おばあちゃんお元気で」

　飯島さんはおばあちゃんに名刺を渡すと社務所へと戻って行った。

　ぼくは腕時計を見た。施設へ戻る時間が近づいていた。車椅子の向きを変えると旧乃木邸の正門を出た。しばらくは平たんな道路が続く。

「裕一、飯島さんも喜んでくれたね」

「うん、よかった。お母さんに話そう。また来るかもしれない」

「それがいいね。飯島さんがいつでもおいでって」

「おばあちゃん、植木屋に寄る時間なかったね。お昼に間に合わないかもしれないよ」

「裕一、急がなくても大丈夫だよ」

ぼくは車椅子のハンドルをしっかり握ると、少し急な坂道を下って行った。

乃木大将と辻占売り少年

家には二時ごろ着いた。お母さんは仕事でいない。冷蔵庫の扉にメモが貼ってあった。

〝折り紙王子へ。今日はありがとう。サンドイッチとスイカは冷蔵庫です〟

「お母さんまで折り紙王子だなんて」

と言いながら冷蔵庫を開け、サンドイッチとスイカを取り出すと食べ始めた。

そしてつぶやいてみた。

「折り紙王子か、気に入ってきたぞ」

将来は西原さんがはがきに書いてくれたように、折り紙作家になろうと思い始めていた。

乃木大将と辻占売り少年

ぼくは旧乃木邸で見た銅像にすっかり夢中になり、おばあちゃんに折り紙のコンクールに出品する話をすることを忘れていた。おばあちゃんには今度話そう。今は本が先だ。ぼくはスイカも食べ終わると部屋に行った。お父さんが書斎に使っていた四畳半がぼくの部屋だ。机は窓側。本箱とベッドが壁側。そして折り紙の箱がいくつも重ねられて部屋の隅に置いてある。

ぼくは机の上に四冊の本を置くと窓を開けた。西陽が入る部屋なのと、エアコンがないので汗が噴き出た。今年の暑さは異常だとおばあちゃんも言っていた。本をめくりながら初めに読むのは『乃木《のぎ》希典《まれすけ》』と決めた。

ワクワクしながら本を開いた。

本を読む時、声を出して読むのがくせになっていた。それはお母さんとおばあちゃんが読み聞かせをしてくれたからだ。

「乃木大将が生まれたのは、江戸時代も終わりの頃です」

ぼくは誰かに聞かせるように大きな声で読んでいく。

「西暦一八四九年、十一月十一日、江戸麻布にある長府藩上屋敷（現在の六本木ヒルズ）で生まれました」

ぼくは読んでいて思い出した。乃木神社から施設に帰る信号待ちで、おばあちゃんが指を指して、「あれが六本木ヒルズだよ」と言ったことを。

「そうなんだ、あの丸い建物あたりで生まれたということか」

ぼくは汗を拭いた。再び読み始めた。

「兄二人はすでに亡くなり、後に四人の弟と妹が生まれました。二人の男の子を亡くした両親は、無人《なきと》と名付け、無人こそ丈夫に育って大成してほしいと願いました」

「そうか、乃木大将は長男になるわけだ。幼い頃は体も弱く臆病な少年だったんだ。友だちにも逆らわない。ということはいじめにもあってたのかなあ」

一瞬、卓也君の顔が浮かんで消えた。

ぼくは乃木大将と辻占売り少年との関りを全部知りたくなった。

ぼくが調べようとしていることは、昭和から明治時代まで遡るのだ。

「壮大だぞ」とつぶやいた。

ぼくは平成生まれだ。平成という時代を十二年。今年の五月から元号は令和に変わった。小学校を卒業する時は令和二年だ。

これから調べることは山ほどある。ぼくはなんだかうれしくなってほっぺたをつねってみた。「痛っ！」

今日はお母さんが早く帰ってくることになっている。乃木神社とおばあちゃんのことを話してみよう。お母さんは「ええー」と驚きいつものように両手を広げ、大げさなポーズをとるに違いないと思うとおかしかった。

夢中になって読んでいたら四時近くになっていた。本を閉じようとした手を止め、再びページをめくった。そして黙読に変えた。

無人少年の目が見えなくなったというのだ。

夏の日の朝のこと。蚊を防ぐために蚊帳《かや》（※2）が吊ってあり、

乃木大将と辻占売り少年

お母さんがその蚊帳を外そうと引っ張った時、金具が無人少年の左目に当たってしまった。目は赤く腫れあがり腫れが引いた時には左目は見えなくなっていた。無人少年は失明をお母さんが知ったらつらいだろうと、一生話さなかった。そして左目失明の真実は、死後妹により明かされたのだった。使っていた片目の双眼鏡が乃木神社にあるという。ぼくは大きなため息をついた。ますます乃木大将をすごいと思った。

どうしたらそんなに強い気持ちになれるんだろう？　気持ちが強くなるってどういうことだろう？　それはよいことなの？　どうなの？

ベッドに仰向けになった。頭の中でいろんな思いが行ったり来たりしているうちに、いつの間にか眠っていたらしい。お母さんが起こしに来た時は夕食の支度が出来ていた。今日はカレーだ。お母さんは鍋をかき混ぜながら、

「裕ちゃん、今日は乃木神社に行ったんだってね。おばあちゃん喜んでたわよ」

「速っ！」お母さんとおばあちゃん間の情報はいつもこうだ。何故だ？　お母さんはぼくの顔をちらっと見ながら言った。

「情報の速さに驚いた顔してるな」

　ぼくはうなずいた。

「おばあちゃんとは連絡を密に取り合ってるの。心配だからよ。お父さんともよ」

「そうだね。安心するね」

ぼくは施設の受付のそばにあった公衆電話を思い出していた。

「お父さんも『大丈夫か？』って電話くれるしね。それでも、時にはわからないこともあるのよね」

ぼくはお母さんの何気ない言葉に、黙って下を向いた。無人少年《なきと》がぼくの頭の中をかすめていく。お母さんを思って、左目のことは生涯言わなかった無人少年が。

今、ぼくは家族に話せない二つの悩みがある。無人少年と内容は違っても、悩むことに変わりはないのだ。ぼくは気持ちが落ち着かなくなってきた。

「裕ちゃん、まだ寝ぼけてるの？　カレーの出来上がり」

「寝ぼけてないよ。ご飯もカレーも大盛！」と元気いっぱいに答えた。
「了解、神社での話、お母さんにも聞かせて。裕ちゃんの探求心が
おじいちゃんそっくりだって、おばあちゃん喜んでたわ」
ぼくはお母さんに、施設に着いてからと散歩で寄った旧乃木邸、
そして施設に送り届けるまでを話した。お母さんはぼくをからかう
ように、顔を近寄せて言った。
「ねえ、何があったの？　裕ちゃんが夢中になったことって。どん
なこと？」
おばあちゃんは何を話したんだろう。
今夜はお母さんに乃木大将と辻占売りの今越少年の話をしようと
思っていた。

夕食の片付けも終わり、デザートのぶどうを食べながら、ぼくは聞いてみた。

「お母さん、お父さんからのプロポーズはどこだったの？」

お母さんは食後に必ずコーヒーを飲む。カップにミルクを入れてスプーンでかき回していた手を急に止めると、びっくりしてぼくの顔を見た。ぼくはおかしくなって聞き返した。

「どこだったの？」

「裕ちゃん、ど、どうしたの急に」

お母さんは照れくさそうにコーヒーを飲んだ。

ぼくはおばあちゃんの乃木神社での思い出を話した。

「そうだったの。おじいちゃんがねえ」

お母さんはくすっと笑いながら、

「おじいちゃんが入院した時よ。病院にお見舞いに来て、『ぼくが三人の面倒を見ます』それがプロポーズだったかな」

ぼくは「驚かせてごめんなさい」と、用意していた二冊の本をテーブルに置いた。

「もしかしてこの二冊が話のキーワード？」

お母さんは興味深そうに『乃木希典』の本を手にして見ていた。もう一冊は辻占売り今越少年の自叙伝だ。ぼくは乃木神社でのことを話した。乃木大将は子どもの頃、無人と呼ばれていたことや左眼が見えないことも話した。

お母さんは本をめくりながらうなずいて、ぼくの話を聞いていた。

乃木大将と辻占売り少年

「お母さん、ぼく銅像の辻占売りの少年を見ていたら、不思議な気持ちになったんだ。こんなの初めてだよ。どうしてかな？」

お母さんは「裕ちゃん、いい出会いをしたわね」と、ニコニコしながら言った。

「この八歳の少年のことはお母さんが子どもの頃におじいちゃんが話してくれたと思うわ。おじいちゃんは生まれが金沢だったから」

「この少年もそうだよ。お母さんもこの少年と乃木大将の話を知ってるんだ」

ぼくはなんだかうれしくなった。

「お母さんはその銅像は見たことはないけれど確か、乃木大将が石川県の金沢に用務で来た時、旧県庁前で辻占売り（※3）をしている少年に声をかけたという話だったと思うけど」

ぼくは大きくうなずいた。

「乃木大将は人力車から降りて、少年に辻占売りをしている理由を尋ねるのね。すると少年は『お父さんは病死、お母さんは行方《ゆくえ》がわからない』と答えるの」

「えっ、お母さんは子どもや自分の母親まで捨てたということ？」

「そのようだわね。すると乃木大将は紙包みを渡しながら『立派な人になれよ』とその場を立ち去り、少年は金箔《きんぱく》（※4）で成功したの」

ぼくは思わずガッツポーズをし、

「お母さんの説明、わかりやすい！　ぼくびっくりだよ」

「紙包みの中身は二円。今なら三万五千円くらいかしらね」

「おばあちゃんにも話してあげたい。お母さん、ぼく二人のこともっと知りたいよ」

「裕ちゃんはその少年に心を奪われたようね。お母さんも協力するわよ」

「ほんと！　でも、授業で乃木希典は出てきたかなあ？」

「中学校の歴史の授業かも知れないけど、どんなことも興味を持つことが大切」

「お母さん、何でそんなに詳しいの？」

お母さんと話していると次から次へと疑問が解けていく。学校の先生みたいだった。お母さんは、

「おじいちゃんの影響かな？　おじいちゃんの会社は東京の虎ノ門

だったの。住居が赤坂。乃木神社は近かったと思うね」

お母さんは再び本に目を通していた。

ぼくは「乃木大将」という歴史上の偉大な人物に銅像で出会った。その偉大な人の一言を心の支えとしてどんな困難にも負けず、金箔《きんぱく》という仕事で有名になり、世のため人のために貢献したという辻占売りの今越少年にも銅像で出会ったのだ。

ぼくはお母さんの話の続きを待った。

「乃木大将は、本当は学問で身を立てたかったようね。でも、軍人の道を歩むのね」

ぼくは銅像を思い出していた。

「乃木大将は無人から文蔵と名前を改め、さらに希典と改めて二十三歳で陸軍少佐になったようね」

〝人のために思いやる心、人にはやさしく自分には厳しく〞。心にずきんとくる言葉が頭の中を駆け巡る。ぼくは思わずため息をついた。

お母さんは冷蔵庫から麦茶を出しながら、

「裕ちゃん、辻占売りの今越少年に会いに行く気はない？」

とコップに麦茶を注いだ。

「えっ！　それって金沢ってこと？　もちろん行きたい、行きたい、お母さん」

ぼくは即座に答えた。お母さんがぼくをからかっているとは思えない。

「ぼく、ひとり旅してみるよ。でもお父さんやおばあちゃんなんて言うかな」

　さっきのテンションが一気に下がった。

〝北陸新幹線に乗れますように〟。ぼくは心の中で叫んでいた。突然お母さんが鼻歌を歌い始めた。ぼくはお母さんの鼻歌の意味を知っている。何か解決策があるのだ。

「まかせといて。夏休みでよかったね。また明日話そう。今日はもうお休み」

　ぼくはお母さんに「お休みなさい」を言うとベッドに入った。でもなかなか眠れなかった。

　金沢にひとり旅するなんて考えもしなかったのだ。嫌いなピーマンに挑戦するより、はるかに大きな冒険だ。ぼくは歴史上の人物乃木希典の生涯を、本とお母さんの話で少しだけわかった気がした。

ぼくは乃木大将が辻占売りの少年に「二円」を渡したという金沢の旧県庁前に立ち、今越少年になると決めた。

「乃木希典と辻占売り少年像」(東京都港区赤坂・旧乃木邸内)

金沢にひとり旅

次の日は頭の中は金沢のことでいっぱいで、何も手につかない状態だった。特に今越少年のことだ。しかし、金沢にはいつどうやって行くのだろう？

お母さんの隠し技を信じて待つしかないとぼくは覚悟を決めた。

「なんとかなるさ」はおばあちゃんの口癖だ。

「なんとかなる、なるさ！」ぼくは期待三分の二、そして不安三分の一を抱えながら、乃木神社の飯島さんから渡された『今越清三朗翁伝』を読むことにした。

夜になるとお母さんは沖縄にいるお父さんに電話をかけた。しばらく話していたが、

「裕一に代わるわ」と、ぼくは子機の受話器を手渡された。受話器

を耳にあてた。

ぼくの「お父さん」と、「裕一」の言葉が重なりぼくは黙った。

「裕一、お母さんから聞いたよ。大したものだ。お父さん、裕一を見直したぞ。行きなさい。裕一が帰る頃、お父さんも夏休みを取って帰るからな」

「お父さん、行ってもいいんだね？　ぼく金沢にひとり旅してくるよ」

「ますます気に入ったぞ。金沢でのことはお母さんから聞きなさい」

「お父さんありがとう。ワクワクするよ」

電話を切った後でお母さんは言った。

「お父さん喜んでたでしょ？　金沢のおじさん、おじいちゃんの弟にあたる人。そのおじさんに裕ちゃんのこと頼んでおいたわ」

お母さんの隠し技ってこのこと？　お母さんはどんな悩みも、ピンチな時ほどアイデアが浮かぶらしい。

「心配することないない、それはね」

と提案してくれるので安心するのだ。どうもおばあちゃん譲りのようだ。

もしかしたら金沢の旅にお母さんも一緒だろうか？　まさか、それじゃひとり旅にならないよ。ぼくは内心気になっていたのだ。

「裕ちゃんは本当にひとり旅できるかしら？　北陸新幹線か、いいなあ。お母さんも行こうかしら」

「大丈夫だって！　お父さんとも約束したんだ。ひとり旅するって」

「冗談よ。心配してないわよ。ところで、金沢行きの乗車券はもう取れてるのよ」

「えっ、ほんと！　いつ行くの？」

ぼくはふと、富山県の砺波《となみ》市に転校した西原さんを思い出していた。

お母さんが手にしていたメモには、八月一日、東京駅八時三十六分発のかがやき五〇五号。そして帰りは八月三日夜、金沢駅十九時三十九分発のかがやき五一六号と書かれていた。どちらも全席指定だ。夏休みのぼくは予定は何もない。金沢に住んでいるおじさんの予定に合わせたのだった。

おじいちゃんはぼくが生まれる前に病気で死んだので、顔は仏壇の横にある写真でしか知らない。白いワイシャツにネクタイ、ベストを着て背筋をピンと伸ばし、ポケットに両手を入れた写真だ。「おじいちゃんはおしゃれでね」とおばあちゃんが言っていたことがあった。おじいちゃんは男ばかりの四人兄弟で、金沢のおじさんは四男でおじいちゃんとは年が十歳も離れているらしい。おじさんの名前は桑原信雄という。今年で七十四歳になるおじさんは、元小学校の先生をしていた。退職した今は、金沢の観光ボランティアガイド「まいどさん」をしていた。

出発までにあと三日あった。ぼくはおばあちゃんにこの報告をしたいと思っていた。しかしおばあちゃんの施設では、明日から三十一日まで箱根の保養所に行くことになっていた。ぼくはおばあちゃんと電話で話すことにした。おばあちゃんは車椅子で施設の電話から話しているのだと言った。

「裕一、おじいちゃんの写真をよーく見て、そして行ってきますと言ってね」

その時、おばあちゃんの受話器を通して「折り紙王子の裕一君、ひとり旅がんばって」。ぼくは受付のおばさんの声だとわかった。「おばあちゃんたら」。ぼくは電話を切った後もぶつくさと独り言を言っていた。

その夜お土産用の折り紙を折り始めていた時、突然あることを思い出した。そのことはぼくの心に引っかかっていたのだが、卓也君の事件でそのまま忘れていたのだ。

さくら小学校の校庭裏の築山に立っている二宮金次郎像。その金次郎像の後ろに、卓也君と一緒に埋めたタイムカプセルのことを思い出したのだ。卓也君とぼく、男同志友情の絆。忘れてはいけないない約束なのだ。

「卓也君ごめん、ぼく忘れるところだった」

明日、学校に行ってみよう。そしてタイムカプセルを掘り出そうと決めた。

翌日は親子プールがある日で学校の門は開いていた。築山はプールと反対側にあり、裏門も開いていたので先生にも友だちにも会わずに築山へはすんなりと行けた。家から園芸用シャベルと軍手を紙袋に入れて持ってきた。二宮金次郎は相変わらず本を読んでいた。

記憶が確かなら、金次郎像のかかとの下あたりにカプセルにしたお菓子の缶を埋めたはずだ。

「ふっ」とため息をついた。二年前、ぼくの隣には卓也君がいた。その卓也君はもうこの世にはいない。

ぼくは急に悲しくなった。泣きそうになった。でも泣かないと決めていた。卓也君との約束を果たせるのはぼくしかいないのだから。

ぼくはひたすら掘り続けた。しかしなかなか缶が出てこない。土も硬くなっている。誰かに掘りかえされたのだろうか？　額や首筋から汗が流れた。築山には桜の木が何本もあって、夏になると蝉の合唱でうるさいほどだ。汗が流れ、蝉の声に一層暑さが増した。「あるはず、絶対ある」と独り言をつぶやいたその時、シャベルと金属の触れ合う鈍い音をぼくは聞き逃さなかった。

「卓也君、あったよ！」ぼくは大声で言った。

お菓子の缶を取り出し、軍手で缶の泥を落とし紙袋に入れた。そして土を平らに戻すと金次郎像を後にした。缶のふたをガムテープでしっかり止めておいたことは覚えてはいない。もしかしたら卓也君かも知れない。

家に戻り缶を開けた。平成二十九年十月十二日の新聞紙に包まれた二つの封筒は、金沢行きのリュックサックに入れた。

夏休みの宿題は、問題集のほかに自由研究があった。ぼくは「今越君を訪ねて金沢へ」とタイトルを決めていた。何をどうまとめるのかわからない。なんだか旅行作家気分になって準備を進めていった。

◇

八月一日。冒険の旅の日が来た。

東京駅の金沢行きホームまでお母さんが見送りに来た。お母さんはいつもと違ってそわそわしている。ぼくも内心落ち着かなくて「うん、大丈夫、なんとかなる」と言い聞かせていた。

ぼくが乗る北陸新幹線かがやきのドアが開いた。お母さんはあわてた様子でバッグから小さな袋を二つ取り出した。

「忘れるところだったわ。これはおばあちゃん、そしてこれはお父さんとお母さんからおこづかいよ。チケットだけは無くさないでね」

「お母さんありがとう。大丈夫だって」

「裕ちゃん、やはり携帯、そうだお母さんの持っていく？」

「いらないよ。中学生からと決めてるし」

「そうだね、我が家の約束だったね」

いよいよ出発の時が来た。

北陸新幹線がアナウンスとともに東京駅を出発した。お母さんとぼくは姿が見えなくなるまで手を振った。

ぼくの席は三人掛けの窓際だった。真ん中は空いていて、通路側は若い男の人だった。席に着くなりスマホでゲームを始めた。

ぼくは過ぎてゆく車窓からの景色を眺めていた。旅ってこんなにもドキドキワクワクするなんて、想像以上にうれしくなった。

座席の前のテーブルを開けた。そしてリュックサックから本とノートを取り出すとテーブルの上に置いた。

「今越少年ノート」と表紙に書いてある。銅像の辻占売り少年今越君は、ぼくの中では友だちの一人になっていたのだ。今越君のことで気がついたことをノートに書いていた。金沢までの約三時間、この窓側の席はぼくの小さな書斎だと思うとうれしかった。

できるなら隣の席はずっと空席ならいいのになあ、と考えながら本のページを開いた。

本の表紙は肩から辻占売りの箱を下げ、提灯を片手にした八歳の少年の頭に乃木大将が手を置いている写真だった。乃木神社で見たのと変わりはなかった。

ページをめくりながら、大宮駅からの乗客が気になったが真ん中は空席、通路側の人は相変わらずスマホに夢中だった。

これからは黙読だ。ぼくはリュックサックからペットボトルを取り出して飲んだ。

しばらくすると、次は長野に停まるアナウンスとともに乗客が降りる準備を始めた。通路側の人も席を立つと歩いて行った。

ぼくは立ち上がり車内を見渡した。数えるほどの人数だった。ぼくは金沢行きの乗客が多いと思っていたのだ。長野からどこへ行くのだろう。三人掛けが一人になった。

本のページも半分以上進んでいた。今越翁《おう》自叙伝には、八歳の時に辻占売りをしなければならない理由や、乃木大将との出会いがどれほど生き方に影響を与えたかが書かれていた。だいたいのことがぼくにもわかってきた。

乃木大将は雪の降る三月、旧県庁前で辻占売りをしている今越少年の身の上話を聞き、「その気持ちを忘れず、立派な人になれよ」と励ましたのだった。

もしもあの時、今越少年が乃木大将と出会うことがなかったら……。

たった一度の出会いが、時には生き方までも左右することがある。ぼくは出会うことの大切さが少しだけわかった気がした。そして出会いの不思議さも。

ぼくはどうして今越少年の銅像に心をひかれたのだろう？ 今越少年はぼくがあの場所に来ることを知っていたのだろうか？

乃木大将も今越少年も多くの出会いや、いろいろな経験をしてきたのだ。出会いを通して人の喜びや悲しみがわかるのかも知れない。

小学校六年生で短い命を絶ってしまった卓也君。ぼくは今、金沢ひとり旅の車中にいる。足元に置いたリュックサックを見た。そしてつぶやいた。

「卓也君、これから金沢の今越君に会いに行くよ。卓也君も一緒だよ」

窓に目を移すと高層ビルで林立する東京の景色とはほど遠く、のどかな田園風景に変わっていた。遠くに見える山並み。ぼくは今、北陸新幹線の乗客の一人なのだ。楽しい気持ちが広がり始めていた。

ぼくは再びページをめくった。今越少年ではなく今越清三朗翁《おう》の写真だった。体の大きいやさしそうなおじいさんの顔写真だった。

今越翁と呼ばれる人の少年時代に歩いた道を、ぼくは歩こうとしている。

今越少年の生誕地である金沢に向かっているぼくは、これから今越少年になるのだ。

◇

今越少年は明治十六年三月十五日、金沢市主計町《かずえまち》に長男として生まれた。おじいさんは、加賀百万石の前田候に仕えて御殿の料理人をしていた。しかし、明治維新で武士は職を失い、それまでの仕事を活かして料理屋を開いた。その跡を継いだ父親が、明治二十一年九月十三日に突然この世を去ってしまう。その時今越少年は五歳だった。ところが翌年、母親が子ども三人と祖母を捨て、さらに持っていた家四軒を売り払って行方《ゆくえ》をくらましたのだ。

ぼくは最近のテレビのニュースを思い出していた。母親が子どもを殺したり、子どもが親を殺したりする事件が多いのはなぜなのだろう？　幼い子どもを置き去りにした結果、子どもの命は絶たれた事件もあった。

「かわいそうに、許せない母親だよ」

と、お母さんとおばあちゃんはテレビを見ながら、とても怒っていた。

ぼくは兄弟がいない。弟か妹がいたらいいなあと思ったことがあった。そして、突然お母さんやお父さんがいなくなったらどうするだろう……。

当時五歳の今越少年にとって、お父さんの突然の死は受け入れるしかなかったと思う。しかし、お母さんの家出をどう思ったのだろう。ぼくはお母さんが大好きだ。怒られてもお母さんが好きだ。でも今越少年の立場だったらきっと許せないし、苦しむだろうと思った。母親に家を売り払われ、買い主からは家を追い出されることになった六歳の今越少年は、祖母と四歳の弟、二歳の妹とこれから先どうしようかと泣き暮らしていたはずだ。その時、かつて店で料理の見習いをしていた人が、

「自分の家に四畳半の部屋が空いているから、しばらくはそこで暮らしてください」

と言ってくれたのだった。

今越少年はその人のおかげで住む家はできたが、四人の生活費を

どうしたらよいかと考えた。このままでは野たれ死にするか、乞食をするより仕方がない。

いろいろ考えた結果「辻占《つじうら》売りをしよう」と決心し、祖母にそのことを話した。ところが祖母は裕福な家庭に育ち、苦労のない暮らしをしていただけに大変なショックを受け、

「いかに落ちぶれたとはいえ、乞食同様の辻占売りをさせるには忍びない」

と反対した。しかし今越少年は、

「男が一度決心したことなので、どうしてもやらせてください」

と祖母を説得したのだった。

道路が十字形に交差している所を「辻《つじ》」と言い、占いのおみくじ

とお菓子の入った箱を肩から下げてその道端に立ち、通る人に声をかけて買ってもらうのが辻占売りなのだ。

今越少年は明治二十二年正月の夜から始め、なんとか四人分の一日の生活費二〇銭を稼ぎ暮らしを支えていく。しかし地元の浅野川あたりでは友だちや顔見知りに見られるのが嫌で、わざわざ遠い犀川沿いの町まで行っていた。

そして八歳になった今越少年にとって運命とも言える出会いが待っていたのは、明治二十四年三月のことだった。春とはいえ北風に粉雪がちらちら混じる中。県庁前（現旧県庁）にさしかかった時、今越少年の前に一台の人力車が止まり、立派な服を着た人が降り立ち、驚いている今越少年の頭をなでながら、

「お前には両親があるのか？」

とたずねた。今越少年は毎夜辻占売りをしている訳を話した。すると、

「幼いのに感心な子だ。今の心がけを忘れずに立派な人になってお国のために働いてくれよ」

と励まし、紙包みを渡した。今越少年はその紙包みを辻占の箱に収め、家に帰ったのは十一時だった。早速祖母に話し、紙包みを開いてみると一円札が二枚入っていた。誰よりも驚いた祖母は、

「なんという立派なお方だろう」

と声を詰まらせ激しく泣いた。次の日隣家の人に話したことで、「二円の主」は名古屋第五旅団長で陸軍少将乃木様というお方であると

わかった。

人力車の車夫が、「乃木様が哀れなる少年に、あたたかい慈愛のお言葉とともに紙包みを渡されました」と、新聞社へ知らせていたからだ。当時の「二円」は、一家四人の十日間の生活費だった。今越少年は乃木大将の「立派な人になれよ」の言葉を片時も忘れず、小さな胸に大志を抱き辻占売りを続けた。ある夜、殿町の金箔屋の前にさしかかった時のことだった。金箔屋の主人に呼び止められ、

「お前は夜な夜な辻占をしているが、そんなことをしてはいつまでたっても成功はできまい。辻占をやめて金箔を習ってはどうだ？十カ年の年季が明ければ道具一式を与えよう」

と言われた。今越少年は急いで家に帰り祖母に相談すると、

「真に結構な話だが、今お前が辻占を止めたならたちまち四人の暮らしに困るから、しばらく辛抱してくれよ」

今越少年は祖母の言う通りだと思い、その後も変わらず辻占売りに出ていた。

ところが、今越少年が辻占売りをしていることを新聞で見た知り合いの人が、

「真にかわいそうである」と同情し、

「遠い犀川まで行かず、地元の浅野川べりでやれよ。できるだけ応援するから」

と言ってくれたのだった。その晩から地元の町内を辻占売りで歩いていると、今越少年の父親が料理屋をしていた時のお客が十銭、

二十銭とお金をくれたのだった。そして相当のお金を稼ぐことができた。このころの小学校教育は義務制になっていて、近所の友だちはみな、学校へ通っていた。少しは暮らしが楽になり、祖母の許しを得て今越少年は小学校へ通い始めた。ところが、辻占売りをしていることがみんなに知れると、

「今越は貧乏して、乞食のような辻占売りをしている。そんな奴とはよう遊ばんぞ」

と、仲間外れにされてしまう。

せっかく喜んで入学したのに学校へ行く気になれず、今越少年はわずか二十日で泣く泣く学校を諦めたのだった。

ぼくは今越少年の時代にもいじめがあったことを知った。義務教

育なのに今越少年は貧乏といじめが原因で学校に行けなくなった。

学校は諦めたが「金箔を習いたい」という思いを隣家の主人に打ち明けると、

「それでは弟を孤児院に世話してやろう」と言われ、弟には「しばらくの辛抱だから」と言い聞かせた。

妹は行方をくらました母から祖母宛に、

「私があんばいよう育てるから心配せな」

と住所のない手紙が届き、祖母は、

「いかにひどい母親とはいえ、やっぱり一片の母性愛があったか」と、声を上げて泣いた。

「これで家の心配も片づいたから、お前も心置きなく金箔の仕事を習え」と励まされ、仕事にかかった途端、積もり積もった今までの苦労から一時に解放された心の緩みからか、突然祖母がこの世を去ったのだった。

天涯にみなし児《ご》となった今越少年は、住み込みで金箔を習うことになった。が、金箔を習う間も「立派な人になれよ」の乃木大将の言葉を忘れることはなく、なんとかして兵隊に入り、乃木大将にお目にかかりたいとの強い願いを持っていた。

そして金箔を習い始めて七年の歳月が流れ、主人から「十ヵ年という定めであったが、お前はもう一人前になったので、約束通りこの道具一式をやるからこれを持って京都へ出て金箔を修行せよ」と言われる。今越少年はこの時十五歳。さらに京都で三年間修業して金沢に帰り、金箔業を始めた。
その二年後の明治三十六年十二月。やっと「金沢第七連隊」に現役入営することができた。翌三十七年、日露戦争に出征することになり、後の事を母親に託そうと行方《ゆくえ》を捜し、富山県城端《じょうはな》町の料亭で十五年ぶりに再会した。母のつるは成長した息子を見た途端に泣き崩れ、その母の姿を見て今までの母への恨みは消えていた。

第三軍（乃木司令官）に属しながら乃木大将に会うことは叶わず、明治三十九年兵役免除となり、再び金沢で金箔業を始める。乃木大将の一言を支えに、そして恩に報《むく》いるために努力を重ね、金沢で身を立て、結婚をし、滋賀県で「無形文化財」に指定される人になったのだった。

　ぼくは本を閉じた。

◇

　アナウンスが流れた。外を見ると富山湾の景色だ。次はいよいよ金沢だ。本をしまい、タイムカプセルから取り出した二通の封筒を開けることにした。新聞紙の日付は二年前のものだった。

「卓也君、開けるよ」

　卓也君の封筒はぼくのより厚めの封筒だった。そういえば缶のふたをぎゅうぎゅうに押していた。あの時卓也君は、

「ぼくの夢はでっかいんだ」

とうれしそうに言っていた。

便箋は一枚。そして厚めの正体を手にしたぼくは声を出さずに泣いた。それは「夢は船長さ！」と笑いながら言った卓也君のために、ぼくが画用紙で折った船だった。船体に「卓也丸」と書いておいたのだ。

『裕一君、ぼくは裕一君と友だちになれてよかった。ハーモニカを初めてほめられ勇気が出たよ。だから夢もでっかく大型船の船長さ。ぼくの大切な宝物は裕一君の折った船。いつか二人で船旅しようぜ！　男同志の約束！　二年後にまたこの場所で。卓也』

ぼくは手で涙をぬぐい、再び手紙と折った船をリュックサックにしまいながら小さく言った。

「卓也君、ありがとう」

ぼくの大切なものは、折り紙のひまわりだ。おばあちゃんから初めて教わったひまわり。お母さんが好きな花でもあるのだ。夢は折り紙コンクールで優勝すること。

ぼくは「卓也丸」にひまわりを乗せ、川に流したいと考えていた。「金沢で流せるといいなあ」とつぶやいた。前後左右に乗客はいなかった。金沢に近づいていた。

前方の乗客が立ち上がって歩き始めた。金沢には定刻通り十一時六分に着いた。

今越清三朗翁色紙「辻占の 昔を語る 今日の栄え 乃木将軍の 御恩忘れじ」

「今越清三朗翁出生の地」碑(石川県金沢市浅野川河畔)

ぼくは今越少年になる

ぼくは改札口に向かって歩いていた。金沢に来たんだ。一人で来れた！　ワクワクした。

そして、改札口を出た瞬間、ぼくを待っていたのはおばあちゃんの部屋で見たおじいちゃんだったのだ。確かにおじいちゃんだ。

〝うそっ！〟ぼくが呆然としていると、

「裕一君やね、よう来たね。わしが誰かによう似とるさかいびっくりしたやろう？」

と目を細めて笑った。この人がおじいちゃんの弟の信雄おじさんだ。

ぼくは、

「はい、びっくりしました。本当に。初めまして。裕一です」

信雄おじさんは笑いながら「行くか」と歩き出した。リュックサックを背負ったおじさんと並んで金沢駅構内を歩く。まずは観光客の多さに驚いた。外国人も多い。駅を出てまず目に飛び込んできたのは大きな門の建物だ。

「すげー」ぼくは思わず声を出して見上げた。

「伝統芸能に使われとる鼓《つづみ》をイメージしとるがや。金沢は見るところがたくさんあるぞ」

信雄おじさんは噴水の近くにあるベンチに腰掛けた。ぼくも座った。

おばあちゃんが電話で「おじいちゃんの写真よーく見てよ」の意味がわかり、〝そういうことか〟と少しおかしかった。

信雄おじさんは、

「裕一君、腹は空いとらんか？　おにぎりこうてきたさかいね。食べたらいいぞ。今日は結構歩くさかいね」

そう言うと、リュックサックから二個入りおにぎりのパックと、ペットボトルの水を取り出すとぼくに渡した。

「ありがとう。ぼく、ひとり旅初めてなので不安だったけど、おじさんに会えてホッとしたら、急にお腹空いちゃった」

「そうやろうと思って。足りるか？　それにしても今年の夏は毎日暑うて。水分補給だけは欠かされんよ」

信雄おじさんはペットボトルのふたを開けた。

ぼくは早速おにぎりを食べ始めた。

今日からぼくは、金沢の信雄おじさんの家に泊まるのだ。金沢に二泊三日の滞在だ。

信雄おじさんの家族は、信雄おじさん、康子おばさん、一人息子の真一さんとその奥さんの四人で住んでいるのだとお母さんが言っていた。信雄おじさんには孫はいないのだとも。おじいちゃんのお葬式以来会うチャンスがなく、年賀状だけのお付き合いになってしまったと、おばあちゃんが言っていた。ぼくは二個のおにぎりをぺろりと食べ終え、水も飲み元気になった。

「おじさん、おいしかった。ごちそうさま」

「夕飯はおばさんが作るさかいね。ところで急にボランティアが入ってな。二時から三時まで一緒におられがでね」

〝えっ、それってどういうこと？〟。ぼくは一瞬あせった。すると

おじさんが、

「裕一君、家に行くか？　それともどっかで待ち合わせるかいネ？」

　ぼくは即座に言った。

「おじさんを待ってます」

「わかった。金沢ひとり旅に来たんやもんね。まずはバスで今越少年の生まれたとこからスタートするかいね」

「はい、お願いします」

　ぼくは信雄おじさんと初対面の気がしなかった。それはおじいちゃんに似ているからだと思った。信雄おじさんは、

「わしと司兄《つかさ》は四人兄弟の中でも一番似とるかな。やさしい兄やった。そういえば東京に行った時は、裕一君のおばあちゃんには、よ

う世話になったなあ」

信雄おじさんはおばあちゃんの脳梗塞《のうこうそく》や、現在は東京の施設で暮らしていることは知らないようだった。

ぼくのリュックサックの中には卓也君の宝物のほかに、お母さんから頼まれたお土産のお菓子の箱と、ぼくの折り紙作品が入っている。

「おじさん、ぼくは折り紙が得意なんだ。おばあちゃんが教えてくれたんだ」

「そうそう、おばあちゃんが電話くれたよ。そうか、清乃《きよの》姉さんはあん時施設から電話やったんか。何も言わず、清乃姉さんらしいワ」

信雄おじさんはふっとため息をついた。

ぼくは知らないからおばあちゃんや家族のことを話したのだった。信雄おじさんは笑いながら、

「裕一君は折り紙王子やってことも言うとったんや。喜んどった。楽しみやなぁ、うちは孫がおらんもんで、裕一君が来ることに我が家は大喜びなんや」

信雄おじさんはうれしそうにうなずきながら、ぼくの顔を見て言った。まるでおじいちゃんのようで、なんでも話せそうな気持ちになって、今越少年と乃木大将の銅像に出会ってからの話をした。信雄おじさんはうなずきながら聞いていた。

今越少年のノートも見せた。すると、

「これは見事や！　まとめ方も上手い。おじいちゃん譲りやね」

「ほんと？　おじいちゃんには会ったことないけど、お母さんやおばあちゃんからも言われた」

「司兄は几帳面で納得するまで諦めんかったなあ。おじさんは裕一君に会えてうれしいよ」

信雄おじさんはそう言うと、ぼくの頭をなでた。ぼくは黙って下を向いた。

信雄おじさんはタオルで顔の汗を拭くと、

「裕一君。バスが出るさかいね。行こか」

ぼくと信雄おじさんはベンチを離れ、停車しているバスに乗るとバスはすぐに発車した。

「ふらっとバスと言って、どこまで行っても百円なんや。子どもは五十円。便利なんや」

　金沢の町中を走る、小回りの利きそうなふらっとバスは混んでいた。バスはいくつかの停留所を過ぎてゆく。吊革につかまりぼくも信雄おじさんも黙っていた。ぼくはふと、あることに気がつき信雄おじさんの顔を見た。すると信雄おじさんが、にこにこしながらうなずいた。

「おじさん、バス停の案内が子どもの声だね」

「そうや。バス停により子どもが案内するがや」

「いいね。楽しいね」

　信雄おじさんが降車ボタンを押した。

　降りたのは、此花ルートの彦三《ひこそ》緑地。降りた乗客は二人だけだった。

　ぼくは金沢に信雄おじさんがいて本当に良かったと思った。

「それにしても暑いね。裕一君、ここから歩くさかい、水飲んだらいいぞ」

「はい、これから今越少年の生誕地へ近づいてると思うと、なんかワクワクする」

　ぼくは声が上ずっていた。こんな気持ち初めてなのだ。ぼくはふと、足を止めた。バス停の近くで蝉が鳴いていた。その鳴き声は半端ではなかった。蝉のなる木のようだった。そういえば金沢は、横浜や東京とは全然違う景色や雰囲気がした。ふっと、ため息をついた。その時前を歩いている信雄おじさんが、振り返り心配そうに言った。

「ん？　どうした？」

「金沢の景色は、駅を降りた時から町全体が違うね。そうだよね、加賀百万石！」

「裕一君、金沢滞在中に歴史も教えるぞ」

「おじさん、ぼく歴史が好きなんだ」

「おじさんも好きや」

「兼六園、金沢城、数え切れないね」

「そうだよ、いっそおじさんとこの孫になるか？　三日間うちの孫、裕一やぞ」

おじさんは笑いながら言った。

ぼくはうれしくなって大きくうなずいた。

信雄おじさんは金沢の地図はすべて頭の中に入っているのだとぼくは思っていた。おじさんは神社の横の道に入っていく。階段の前で立ち止まった。

「この階段を下りると主計町《かずえまち》に出る。この階段、昔は薄暗かったがや。暗がり坂といってな、文豪の泉鏡花《いずみきょうか》知っとるか？」

「うん、名前だけだけど」

「その鏡花が通学した坂なんや」

「文豪、泉鏡花の通学路の坂道をぼくも歩けるなんて。すげー」

その階段を下りると迷路のような狭い路地が続く。いつか家族で行った京都の町家の雰囲気にも似ていた。やがて川のある通りに出た。信雄おじさんは立ち止まるとぼくを見た。

「裕一君、ついに目的地へ着いたぞ。ここが今越少年の生まれた主計町だよ。ここは茶屋街と言うて、主計町の料理街。この川が浅野川。あの橋が浅野川大橋。ほらっ、橋のたもとに石碑が見えるやろ？」

確かに、信雄おじさんの指さす橋のたもとに細長い石碑が見えた。ぼくはついに今越少年に会いに来たのだ。

石碑の所まで歩いて行く。そして、「今越清三朗翁出生の地」と書かれた石碑を無言のまま、ぼくは見入っていたのだった。

橋の下を流れているのは浅野川だ。今越少年も見ていた川の流れをぼくは不思議な気持ちで見ていた。信雄おじさんが言った。

「この石碑の前が今越少年の家やったがや」

信雄おじさんはぼくの顔を見た。

「ここから旧県庁前まで、毎晩辻占売りのために歩いたがや」

今越少年の家だったという建物には今も人が住んでいた。ぼくは今、旧県庁までの道のりを歩こうとしているのだ。

今越少年が歩いた道を。

◇

信雄おじさんが指を差して言った。

「この、浅野川大橋を渡って右に入った一帯が『ひがし茶屋』といってな、金沢の観光ポスターに使われとるがや」

ぼくはおじさんの指さす方に目をやった。

ひがし茶屋のポスターを知らないぼくは、想像がつかないまま橋を渡り終えた。汗が首筋を流れた。信雄おじさんは「暑い」とペットボトルの水を飲んだ。ぼくはペットボトルを手にし、ふたを開ける手を止めた。

ぼくはその時迷っていた。

信雄おじさんはペットボトルのふたを閉めると、ぼくの顔を見ながら言った。

「裕一君、どうした？　何かあったんや？」

ぼくはしばらく黙っていた。信雄おじさんも何も言わなかった。

真夏の太陽は暑く汗が流れた。蝉が合唱をしている。それだけがはっきりと聞こえた。信雄おじさんが、

「蝉の声を聞くたびに命の尊さが感じられるなあ。蝉は一週間の命やからね」

と、信雄おじさんはしみじみと独り言のように言った。その後お互いに橋のたもとの欄干によりかかり、橋の下の川を黙って見ていた。ぼくは今まで本当のことを誰にも言えなかった。勇気がなかったのだ。そのことは忘れたいのに忘れられなかった。心の中で、もやもやした思いだけが大きくなっていたのだ。

ぼくは信雄おじさんの顔を見つめた。

今なら言える。信雄おじさんは、おじいちゃんのように微笑みかけていた。

信雄おじさんはぼくの肩をトントンと叩き、大きくうなずいた。

ぼくも笑いながらうなずいた。

信雄おじさんは川の流れを見ながら、

「いつやったか、おじさんは滋賀県の甲西町の」と、静かに話し始めた。

ぼくは今越少年が金沢から移り住んだ町だと思い出していた。

「今越少年が大人になって、結婚して移り住んだんが甲西町だった。今、甲西町は湖南市やね」

やはりそうだった。なんだかうれしかった。

「その甲西町菩提寺という所にある、『正念寺』のご住職の言葉に感動してね」

ぼくは信雄おじさんの次の言葉を待った。

「『出会いは私の財産であり、宝となることが多い。言葉は人と人との架け橋である』と話されたんや。出会いは大切やぞ」

信雄おじさんはぼくに笑いかけた。

「そして言葉もやな。話さなければ伝わらんし、誤解かて生じる訳やからな」

ぼくは大きくうなずいた。今越少年と乃木大将の銅像に出会ったことで、初めて会った人と言葉をたくさん交わしてきた。ぼくにも少しずつ人の輪ができ始めたのだ。

横浜に住んでいるぼくという一人の小学六年生が、東京で銅像となっている人の足跡を訪ねて今、石川県の金沢にいる。

「おじさん、出会うってすごいことだね」

信雄おじさんはうなずくと言った。

「そうやネ。これから裕一君は多くの人に出会うやろから。人ばっかりではなくて、いろんなことや、ものもやね」

「うん、それと言葉は架け橋になるから世界中の人とも友だちになれるってことだよね。おじさん！」

「そうやろう。まさに言葉は架け橋や」

信雄おじさんとぼくはいつの間にか橋を渡り終え、ひがし茶屋へ入ろうとしていた。

「ひがし茶屋から旧県庁まで歩くのはかなりあるさかい。またバスに乗るか。それにしてもこの暑さは異常だな」

ひがし茶屋街を歩いて行くと観光客が路地から出てきた。ぼくは時代劇の撮影所に迷い込んだような錯覚に陥《おちい》っていた。

信雄おじさんは、ある金箔の店の中へ入って行った。その店では金箔のでき上がるまでの工程を、職人が実演していた。ぼくは初めて見る金箔の薄さに驚いた。

金色と銀色の薄い紙が金箔職人の手わざで作品になっていく。ぼくはふっとため息をついた。今越少年が辻占売りをしていた時に金箔業を志し、成功したのもやはり金箔を勧めた人との出会いがあったからだ。

やがて、ひがし茶屋を過ぎ再び浅野川大橋を渡り、今までとは違う細い道を歩いて行く。家並みが違っていた。お屋敷という感じなのだ。信雄おじさんに聞いてみようとしたその時だった。誰かが信雄おじさんを呼んだ。

「桑原さん、あれっ？　今日は休みかいね？」

声をかけたのは男の人だった。その声に信雄おじさんは振り向いた。知り合いらしい。

「やあ、一日休みが急に二時から頼まれてな。ここで何かあるがかいね？」

「桑原さんも一寸のぞいて行ってま。アクセサリーの講習会。ほら、目細《めぼそ》さんの」

信雄おじさんは、入ろうと目で促《うなが》した。

「今日は兄さんの孫の裕一と一緒や」

信雄おじさんに言われ、

「こんにちは、裕一です」
　頭を下げた。声をかけたおじさんは、
「裕一君、金沢をなんでも知ってるおじさんに案内してもろうたら
いいぞ。ま、中に入って」
「裕一君、中に入るか。目細と言ってね、金沢の伝統を支える存在
でもある釣り針の老舗『目細八郎兵衛商店』のことや」
「へえ、お父さん釣りをやらないからわからないけど。おもしろそ
うだね」
「針は知っとるね。家庭科で裁縫《さいほう》とか、そうか今、学校で教えとら
んのか」
「小さい時、洋服はおばあちゃんの手作りだし、一緒に雑巾も縫っ

たよ」

「そうか、知ってたんか。その針は『めぼそ針』と言って加賀藩主より『めぼそ』を針の名前として認められたがや」

「へぇぇ、すごいことだね」

「それだけではないがやぞ。『加賀毛針』は鮎釣りの針としても有名なんや。江戸時代には川釣りは武士にだけ許された特権だったんや」

講習会場の和室に通されるとすでに、講習を受ける人たちが待っていた。アクセサリーの見本がテーブルの上に並んでいる。

「そうか、今はその毛針もアクセサリーになるがや。新しいものが伝統を守るか」

ぼくは帽子の好きなお母さんに似合いそうな羽のアクセサリーを

見ていた。

講師らしい女の人が話しかけてきた。

「もしかしたらお母さんにプレゼント?」

するとぼくの後ろにいた信雄おじさんが、

「そうか、折り紙王子やもんね、芸術的センスはあるがや。よし、おじさんがプレゼントしよう。選ぶのは裕一君やぞ」

「いいの? うれしいなあ。お母さん喜ぶよ。おじさんありがとう」

「おばあちゃんにはどうするがや?」

「おばあちゃんには、辻占のお菓子を買うことにしたの。おばあちゃん、おみくじ大好きなんだ。おじさん、辻占のお菓子って今も売ってるよね?」

「そうやな。お正月になると限定で売る店は知っとるが、調べておくよ」

おじさんは目細商店の人と話を始めた。女の店員さんが包装された小さな箱をぼくに渡しながら言った。

「おじさんから聞いたわ。折り紙王子君、がんばって。はい、ありがとうございます」

「えっ？　恥ずかしいなあ」と、ぼくは信雄おじさんを見た。信雄おじさんはにこにこ笑っていた。ぼくは背負っていたリュックサックから箱を取り出すと、信雄おじさんの耳元に小さな声で言った。

「おじさん、ぼく折り紙を折ってきたんだけどさっきの店員さんに上げてもいいかな？」

信雄おじさんは一瞬きゅっと唇を閉じ、うれしそうに言った。

「裕一君それはいいな。そうか持ってきたがか。おじさんも見たいな」

信雄おじさんの声は大きくてぼくの周りには数人の人が集まってきた。ぼくは箱からひまわり、紫陽花、蛙、ランドセルなどの折り紙作品を取り出した。そして数人の人に好きな作品を選んでもらった。

アクセサリー会場は折り紙の話題で盛り上がり、信雄おじさんは、

「いやいや、皆さんの時間を中断させて申し訳ない。皆さんありがとう」

「桑原さん、お孫さんは大したものだ」

信雄おじさんは、ぼくを見て、

「将来は折り紙作家やからね。皆さんありがとう。ではこれで」

「ありがとう。飾っておくからね」

「今度、折り紙教えてね」

「また金沢に来てね」

　その会場を後にしてまた歩き始めた。

「みんな裕一君を孫と思ってるんやね。うれしかったわ」

「ぼくも楽しかった。おじさんちへのお土産減ったけどまた折るから」

「思いがけないサプライズにおじさんもびっくりしたよ。裕一君、折り紙作家に必ずなれる。がんばまっしっ」

「おじさん、がんばるよ。コンクールにも挑戦するんだ」

「その調子や、うちのおばさんにも教えてヨ。さて、行くか」

旧県庁に向けて歩き始めた。

　浅野川の川沿いの今越少年の家から旧県庁までの道のりはかなりあったに違いない。信雄おじさんは時計を見ながら言った。

「旧県庁はもうすぐだから三十分。最短距離でも八歳の少年の足では四十分かかるがやろうな」

「それも毎日だよね」

「昼は魚も売っていたと言うからなあ」

「今越少年は、本当は裕福な家に生まれ育ったんだよね。突然、貧乏のどん底に突き落とされて、お母さんを恨んでいただろうね」

「ほうやろうな」

ぼくは新幹線の中で読んだ本を思い出して信雄おじさんに言った。

「今越少年は行方《ゆくえ》知れずのお母さんをやっと探し出して会えた時、泣いてあやまるお母さんを見て恨んでいたのに許したんだよね」

「そうや。親子の絆は、そう簡単に切れんがやね」

やがて、旧県庁前に着いた。信雄おじさんが言った。

「裕一君、おじさんとはここで別れるけど三時半にどこで待ち合わせるかいね？」

「旧県庁から浅野川大橋まで歩いたコースを戻ります」

「そうだな。そのほうが迷子にならんな。三時半に浅野川大橋の橋のたもとの今越少年の石碑の前はどうやろ？」

「はい、わかりました」

「じゃ、三時半に浅野川大橋のたもとや。おじさんはガイドの人が来るまで案内するので三時半前には行けるからね」

信雄おじさんは手を振ると金沢駅方面に歩いて行った。


ぼくは旧県庁前を行ったり来たりしていた。

ぼくは今から、八歳の今越少年になろうとしているのだ。肩から辻占と菓子の入った箱を下げ、手には提灯を持っている。ぼくは坊主頭。今越少年も坊主頭だった。

歩くのを止めるとあたりを見回した。

日傘をさして女の人が通り過ぎた。旧県庁から出てくる人、入って行く人たちを見ていた。そして旧県庁を背にして立ってみた。目の前の大通りには車が左右から途切れることなく走り過ぎてゆく。静かに目を閉じた。

雪のちらつく明治二十四年三月十八日。辻占売りの今越少年はここで乃木大将に出会った。乃木大将は今越少年の頭に手を置き、「立派な人になれよ」と励ましたのだった。

ぼくは浅野川のたもとで信雄おじさんに打ち明けようとしてやめたことを思い出していた。あの時信雄おじさんの大きな手が、ぼくの肩を叩いてくれた。信雄おじさんの手のぬくもりはずっと忘れないと思っている。

銅像の乃木大将は今越少年の頭に手を乗せていた。八歳の今越少年にとって、乃木大将の手はお父さんの手、お母さんの手、そしてやさしいおばあちゃんの手だったに違いないと思えた。だからこそどんなに辛いことにも耐えられたのかもしれない。ぼくは目を開けた。汗が流れ、太陽がまぶしかった。ハンカチで汗を拭いた。

今越少年が辻占売りを終えて家に帰るように、ぼくも歩き始めた。信雄おじさんと別れて今、一人で金沢の町を歩いているのだ。浅野川に向かって歩いているはずが道を間違えたことに気づいた。

「どっちだったかなあ」と、不安になった。

戻ってみた。尾坂門の通りを尾張町の交差点に向かって歩いて来た時、見覚えのある建物を見て安心して元気が出たのだった。

公衆電話が目に入った。お母さんと話したいと思った。が、止めた。お母さんは仕事中なのだ。おばあちゃんは施設できっと、ぼくの金沢行きの話をしているに違いない。

おみくじ大好きなおばあちゃんには「辻占」をお土産と決めている。お父さんへのお土産は何にしようかと考えながら歩いていた。

ちょうど、金沢蓄音機館の前で止まると中をのぞいた。大きなラッパのそばで、陶器でできた犬が耳を傾けていた。

ぼくは再び歩き出した。蓄音機館の近くに「泉鏡花記念館」があることに気がついて入り口まで行った。受付を見ると高校生以下無料となっている。

金沢には三人の文豪家がいることも思い出した。おばあちゃんの部屋の本棚には、茶色に変色した本が三冊並んでいた。おじいちゃんの本だった。三人の小説家は「泉鏡花」「室生犀星」「徳田秋声」だった。その時はおじいちゃんが金沢の人と知らなかった。

ぼくはこれ以上寄り道すると、三時半の約束が心配になり、信雄おじさんと歩いた道を思い出しながら浅野川大橋を目指して歩いて行った。今越少年は毎日、浅野川から旧県庁までのこの道を、何を考えて歩いていたのだろう。「立派な人になれよ」の一言を支えにしていたからがんばれたのかもしれない。

ぼくは夏休み前、卓也君のことやおばあちゃんの安定剤事件でひどく落ち込んでいた。二つのことはぼくにも責任があると思っていたからだ。でも、ぼくが取った行動は逃げることだった。クラスの友だちとも話したくなかったし、家に帰っても今までのように楽しい気持ちになれなかったのだ。

ぼくは自分の都合で問題を解決しないで逃げてしまう卑怯な人間になるところだった。金沢におじいちゃんの弟、信雄おじさんがいた。引き合わせてくれたのは銅像の今越少年だったのだ。ぼくは今越少年のことを多くの人が知ることになればいいのにと思った。

毎日、事件は起きている。幼い命が奪われたり、卓也君のように小学生や中学生の自殺も増えている。友だちの卓也君の自殺やおばあちゃんの自殺未遂は、ぼくに命の尊さを教えてくれた。

ぼくは今越少年に出会えたことで、人は目的があればがんばれることも知った。

今越少年は明治に生まれ、大正、昭和を生きたのだった。果たしてぼくは、平成、令和という時代の他にどんな時代を生きることになるのだろう?

とうとう、浅野川大橋のたもとに立っている「今越清三朗翁出生の地」の石碑にたどり着いた。ぼくはリュックサックからタイムカプセルに入っていた卓也君の折り紙の船を取り出した。

紙の船「卓也丸」の水先案内人は卓也君だ。ぼくは話しかけるように言った。

「卓也君、ぼく、あの時勇気がなかったんだ。友だちなのに。ごめん」

卓也君の大切なものは折り紙の船だった。ぼくは船を見ながら卓也君の分まで生きようと決めた。そしてまた話しかけた。

「今、金沢にいるんだ。東京で出会った友だちの生誕地にいるんだ。

名前は今越君」

ぼくは橋の上から水辺に下りた。そして卓也丸にぼくの宝物、折り紙のひまわりの花一輪を乗せると、流れる水にそっと浮かべた。船は少し傾き、再び水面に浮かびゆるやかに流れ始めた。卓也丸船長の卓也君に話しかけた。

「ぼく、折り紙王子って呼ばれてるんだ。がんばるよ。卓也君のこと忘れないよ」

船は静かに流れていった。

「卓也君、君なら立派な船長になれる！　おばあちゃんもお父さんも一緒だよ。無事に高松へ着けること祈ってるからね」

ふと、卓也君の吹くハーモニカが聴こえた気がして見回した。誰もいなかった。

ぼくはもう自分から逃げたりしない。卓也君のこと、おばあちゃんのこと。おじさんにもお母さんにもきっと話そう。

ぼくは橋のたもとに戻り、石碑を見ながら呟いた。

「今越君、君に出会えて本当によかった」

その時、浅野川沿いの桜の木で一斉に蝉が鳴き始めたのだった。

完

おわりに

旧乃木邸内の「乃木大将と辻占売り少年像」の今越少年の生き方が気になり、最初はノンフィクションとして挑戦しました。しかし当時、児童文学者協会の事務局長だった藤田のぼるさんに「児童小説にしてみたら」の一言で方針を変え、石川県金沢市出身の今越清三朗少年の足跡取材を始めました。

乃木神社でいただいた本、今越少年が移り住んだ滋賀県の出版社や正念寺のご住職、金沢市の観光協会、観光ボランティアまいどさんからの資料はそろったものの形への実現せぬまま、数年が過ぎてしまいました。その間の平成二十七年三月十四日には北陸新幹線が開通（今越少年が乃木大将に出会ったのは三月十八日）。小説の内容も変える必要が出てきました。

北國新聞掲載の〝「乃木将軍の励ましで奮起」金箔で成功〟の記事を目にし、私の中にも「諦めない！　夢実現」の火が再び付きました。気づけば年号は平成から令和に変わり、構想から十年目を迎えていました。このたび、編集プロダクション会社の平山茂さんのおかげで出版することができました。

これまでにはたくさんの方々のご協力をいただきました。乃木神社宮司の加藤司郎さん、禰宜の飯島正弘さん、金沢市のまいどさんでイラストレーター武野一雄さん、今越清三朗さんのご息女宿谷周子さん（平成二十九年八月ご逝去）、滋賀県大津市の中村太古舎さん、エディックス社長の平山茂さん、編集協力の川尻みさきさん、そして私をいつも支えてくださった方々にこの場を借りて御礼申し上げます。ありがとうございました。

令和元年十二月一日

及川　莉代

【注　記】

（※1）「禰宜」神職の職名のひとつ。宮司を補佐する者の職名。

（※2）「蚊帳」中国から伝来。一ミリ程度の網目となっており虫は通さず風は通す。麻などの繊維でできていて、昭和まで使用されていた。現在ではほとんど使用されていないが、電気も薬品も使わない防蚊手段であり見直され始めている。寝る時部屋の隅に吊るして使用。

（※3）「辻占」おみくじのようなもので、二個を一厘（一円の千分の一）で仕入れ、飴棒・かんかん糖・松風やきなどのお菓子とともに、一個一厘で売った。

（※4）「金箔」金を微量の銀や銅とともに金槌で叩いてごく薄く延ばし箔状態にしたもの。（箔とは金属をごく薄く叩き延ばしたもの）

【参考文献】

◎『いのち燃ゆ』乃木大将の生涯／監修　乃木神社・中央乃木会／近代出版社
◎『乃木希典』子供のための伝記2／千葉ひろ子・えんどうえみこ（絵）／（公財）新教育者連盟
◎今越清三朗翁伝『乃木将軍と辻占の売りの少年』／阿部聖夫編・高山貴（乃木神社宮司）／中央乃木会
◎県無形文化財第一号の今越清三朗翁の生涯『往年の辻占売りの少年』竹内正人編／印刷所　株式会社中村太古舎

【協　力】

◎方言指導・観光案内　武野一雄
◎乃木神社　宮司　加藤司郎
　　　　　禰宜　飯島正弘

『今越《いまこし》君という友だち』

著　　　者　　及川　莉代

イラスト　　武野　一雄
IllustrationAC

編集協力　　川尻　みさき

編　　　集　　EDIX

発　行　日　　2020年3月20日　初版発行

発　　　行　　全国編集プロダクション協会（JEPA＝ジェパ）
〒107-0052
東京都港区赤坂4-13-5
赤坂オフィスハイツ17号室
TEL 03-6807-4151

発　売　元　　株式会社三恵社
〒462-0056
名古屋市北区中丸町2丁目24番地の1
TEL 052-915-5211（代）

ISBN978-4-86693-193-7 C1093 ¥1727E